VOICEYE
voiceye.com

小說

숭례문

2권

배상열 지음

Braille Publishing Co.,Ltd.
도서출판 점자

서 문 序文

숭례문의 정수리에 화관火冠이 필 때, 나는 엉망으로 취해 있었다. 작가들과의 회합이 늘 그렇듯 처리량 이상으로 과음한 탓이었다. 자꾸 분리되려는 정신을 다잡는 틈으로 숭례문에 불이 났다는 실시간 방송이 비집어들었다. 그때는 두서없는 꿈인가 싶었는데 다음 날 아침 그만 심장이 덜컥이며 멎는 것만 같았다. 세상에! 국보 1호 숭례문이 불에 타 주저앉고 말았다는 것이 말이나 되는가? 처음에는 술이 덜 깨어 헛것이 보였거나 만우절이 앞당겨진 줄로만 알았다. 그러나 기가 막히게도 숭례문의 부고訃告는 어김없는 사실이었다.

한동안 멍하게 숭례문 방향을 바라보았다. 그때 나는 망연자실이라는 심리상태를 넘치도록 체감했다. 아마 대부분의 국민이 그랬으리라, 당장이라도 달려가고 싶었지만 가슴이 떨려 그러지 못했다. 며칠이나 지난 다음에야 비로소 가보았다가 하마터면 주저앉을 뻔 했다. 숭례문은 문자 그대로의 폐허였다. 육백년이 넘는 세월과 전쟁을 비롯한 모든 간난艱難을 끄떡없이 견디던 나를 이리도 어이없이 죽게 만들었느냐고 절규하는 것만 같았다. 환청이 지난 다음 우리가 잃은 것에 대한 비중이 새삼스럽게 다가왔다. 우리가 망실亡失한 것은 어떤 가치로도 환산하거나 대체될 수 없는 역사라는 사실을 뼈저리게 느꼈다. 숭례문이 역사의 아스팔트 아래 매몰된 다음 짝퉁이 그 자리를 차지하게 될 것이라는 현실에 맹렬한 살의殺意가 솟구쳤다. 법치국가에 살고 있다는 것이 그때처럼 원망스러울 수 없었다.

숭례문을 위해서는 무엇인가 해야만 했다. 그때 나는 숭례문을 위한 헌정서를 쓰기로 결심했다. 내가 역사를 전문으로 쓰는 전업의 작가라는 것과, 과거에 목공木工을 해보았다는 것이 그렇게 다행스러울 수 없었다. 의정부에 칩거하여 숭례문이 건설되는 과정과 민초들의 삶과 땀을 추출한 다음 고려가 매몰되고 조선이 발흥하는 격변기를 새롭게 채굴하여 가공했다. 『소설 숭례문』에서 숭례문이 단순히 조선 초기에 준공된 건물이 아니라는 명제를 입증함과 동시에, 드러나지 않은 역사의 단층斷層을 제시했다. 새롭게 복원된 숭례문을 자신 있게 선보인다.

미욱한 원고를 흔쾌하게 받아주시고 귀한 책으로 만들어주신 『비봉출판사』의 박기봉 사장님과 편집진에게 깊이 감사드린다. 아울러 어려울 때마다 힘이 되어준 김형진 교수와 정명섭 작가에게도 심심한 사례를 드린다. 영원히 함께할 아내 김명해에게도 큰 감사를 드린다.

차 례

2권

1권

비밀의 내부

"진심으로 경하 드립니다."

무학이 합장하자 최영이 손사래를 쳤다. 임금을 바로 곁에서 보필하고 모든 권한을 장악하는 문하시중門下侍中에 오른 최영을 축하하기 위해 찾아온 손님들로 집안은 발 디딜 틈이 없었다. 최영이 무학을 따로 조용한 방으로 안내했다.

"곡차라도 한 잔 하려나?"

"이렇게 좋은 날 안마시면 언제 마시겠습니까?"

최영이 승려들이 마실 수 있는 맑은 술과 소찬을 가져오라 일렀다.

"좀 쉬었다 가야겠네. 소란스러운 것은 딱 질색이거든."

손님들을 맞느라 적지 않게 마신 최영은 방금 온 무학을 접대한다는 핑계로 한숨 돌릴 참이었다. 이런저런 대화 가운데 이성계가 화제가 되었다.

"그 사람은 정말 믿을 수 있어. 앞으로 내가 크게

밀어줄 작정이야."

"그러셔야지요. 그 사람의 용맹과 충성은 고려에서 두 번째 갈 것입니다."

"그럼 첫 번째는 누구인가?"

"누구긴요? 바로 이 댁의 주인 아니십니까?"

"하하하! 역시 대사가 사람 보는 눈이 있단 말이야."

두 사람이 기분 좋게 건배를 했다.

"헌데 그 아이의 소식은 듣고 있는가?"

"문하시중께서 불국사로 보낸 목수 말입니까?"

"그렇네."

"소승도 소식을 듣고 있지 못하지만 무소식이 희소식 아니겠습니까? 너무 걱정하지 마십시오."

"정말 불쌍한 놈일세. 어쩌다가 태어나서 험한 꼴을 당하는지 모르겠네."

최영이 우울한 안색으로 잔을 비웠다.

"여달이 무슨 죄가 있겠습니까? 아비와 시대를 잘못 만난 탓이지요."

"그래도 왕자의 신분인데 승간소생의 허울을 쓴데다 목수로 연명하다니 어찌 기가 막히지 않겠는가?"

여달이 왕자라니! 믿기 어렵게도 여달은 충혜왕의

자식이었다.

28대의 충혜왕이 황음하여 신분과 지아비의 여부를 가리지 않고 닥치는 대로 강간한 것은 잘 알려진 사실이다. 그렇다면 충혜왕의 자식이 여기저기 퍼졌어야 할 테지만, 이상한 성분의 음약淫藥을 복용하는 바람에 충혜왕에게 당한 여자들은 출산은커녕 자신의 몸도 추스르기 어려웠다. 그런데 원나라의 공주로서 정식 왕후가 된 정순숙의공주貞順淑儀公主는 1녀를 낳았으며 희비 윤씨도 왕자 하나를 생산했다. 정순숙의 소생의 왕자가 29대 충목왕忠穆王이며, 희비 윤씨 소생의 왕자는 30대 충정왕忠定王이 되는 것이다. 왕비와 희비들과 잠자리에 들 때는 음약을 사용하지 않았기 때문에 생산이 가능했던 것인데, 놀랍게도 음약은 물론 갖은 변태적인 짓을 다 받아주고도 왕자를 낳은 여인이 있었다. 후궁 은천옹주 임씨銀川翁主 林氏가 그 주인공이다.

충혜왕의 총애를 받았던 임씨는 본래 오지그릇을 파는 상인 임씨의 딸이었다. 남들이 '오지공주'라고 빈정거렸지만 충혜왕의 온갖 가학적 행위를 견디고 권세가 오히려 왕비를 능가하기에 이르렀다. 임씨는 갖은 부정부패를 자행하고 함부로 행동하여 원성이 높았는데, 충혜왕이 원나라로 끌려가 폐위 당하자 궁궐에서 추방당하고 말았다.

"임씨 같은 여자가 또 있었다니 정말 놀라울 따름입니다."

"나도 처음에는 믿기 어려웠네."

얼굴과 목소리는 물론 키와 체격 등의 모든 것이 충혜왕과 너무나도 닮은 여달의 모습에 최영은 크게 놀랐다. 승간소생에다 목수 일을 한다는 말을 듣고 우연히 충혜왕과 흡사하게 닮을 수도 있다고 생각했지만 만일 그렇지 않다면 어쩔 것인가. 일단 개경을 떠나지 못하게 한 다음 은밀히 조사하자 여달의 어미는 충혜왕에게 강간당한 어떤 고관의 딸이 분명했다. 딸이 왕의 자식을 회임하였으니 궁궐로 들여보내면 영달을 꾀할 수 있었을 터였다. 그러나 아무래도 충혜왕이 오래가지 못할 것으로 판단한 고관은 모든 것을 비밀로 부치고 딸을 개경에서 멀리 떨어진 개태사로 보내버렸다. 이후 무사히 여달이 태어났지만 고관이 모함을 당해 가문이 몰락하자 여달의 어미도 목을 매어 자살했다. 고관에게 많은 시주를 받았던 개태사의 승려들은 여달을 지켜주기 위해 승간소생으로 대하였다. 이후 개태사를 중건한 목수들의 행수가 여달의 재능을 탐내어 데려가겠다고 청하자 차라리 목수로 사는 것이 안전할 것이라고 판단하게 되었던 것이다.

"차라리 몰랐으면 좋았을 것일세."

"그러게 소승이 뭐라고 하였습니까?"

여달의 비밀을 알게 된 다음부터 최영은 제대로 잠들지 못했다. 비록 황음무도한 충혜왕의 아들이라고 해도 여달이 무슨 죄가 있겠는가. 그러나 만에 하나라도 왕자라는 것이 탄로 나는 날에는 죽음 밖에 얻을 것이 없었다. 그나마 이인임 일당에게 먼저 발견되지 않은 게 천만다행이었다. 계속 개경에서 공사를 하다가는 어떻게 될지 몰랐기 때문에 동경의 불국사로 보낸 것이다.

"아비의 업을 아들이 져야 하다니 참으로 딱한 노릇일세. 내가 죽은 다음에는 대사가 잘 돌봐 주게나."

"앞으로 백년은 거뜬하실 문하시중께서 농담이 과하십니다 그려."

두 사람이 다시 잔을 비우는데 갑자기 자택 밖이

시끄러워졌다. 아녀자의 비명이 울리는 것이 아무래도 심상치 않은 일이 벌어진 것 같았다.

"대체 어떤 놈이기에 놈이 감히 내 집 앞에서 소란을 피운다는 말이냐? 당장 나가 물고를 내렸다!"

기세등등하게 뛰어나간 갑사들이 돌아와 우물쭈물했다. 크게 노한 최영이 다그치자 갑사의 우두머리가 사정을 말했다.

"밖에 계신 분은 전하이십니다."

하기야 우왕이 아니고서는 최영의 집 앞에서 소란을 부릴 사람이 없을 터였다. 최영이 황급히 나가 우왕을 모시려는데 갑사가 막았다. 심상치 않은 느낌에 갑사를 조용한 곳으로 불러 물어보았다.

"무엇이! 전하께서 모녀를 붙잡아 강간하고 있다는 말이더냐?"

"그렇습니다. 계집아이는 열 살이 채 되지 않는 것 같사온데 차마 눈 뜨고 못 볼……."

"알겠다. 그만 물러가도록 해라."

갑사를 내보낸 최영의 주먹이 덜덜 떨렸다. 최영이 눈에서 시퍼런 빛을 뚝뚝 떨어뜨리며 칼걸이로 향했다.

"지금 무슨 짓을 하시려는 겁니까!"

무학이 앞을 가로막았다.

"대사는 비키라!"

무학을 떠밀어버린 최영이 장검을 움켜잡았다.

"이러시면 안 됩니다! 제발 정신을 차리십시오!"

"비키지 않으면 베겠다!"

최영이 장검을 뽑았다. 방금이라도 내리칠 것 같은데도 무학은 비키지 않았다. 주먹 같은 땀을 흘리던 최영이 크게 숨을 쉬며 장검을 칼집에 꽂았다.

"대사가 아니었으면 큰일 날 뻔했네."

적지 않게 마신 최영은 우왕이 벌인 짓에 격분했다. 당장 뛰어나가 짐승 같은 짓을 저지르는 우왕을 베어버리려고 했다가 무학의 제지를 받고 냉정을 되찾게 된 것이었다. 하마터면 역사에 역신逆臣으로 이름을 올릴 뻔했던 위기를 무학이 구해준 것이었다. 크게 사례하려 하는데 어느 틈에 무학의 모습이 보이지 않았다.

무학이 허허롭게 웃으며 밤길을 줄였다. 아까 최영을 말리지 않았다면 정권이 뒤집어질 판이었다. 최영이 우왕을 베지는 않더라도 신병을 확보한다면 대부분의 고관들이 손님으로 왔기 때문에 조정까지 손아귀에 넣을 수 있는 상황이었다. 우왕과 고관들을 억류한 즉시 실전으로 단련된 사병을 동원하여 이인임 일당을 쳤다면 승산은 충분했다. 그런 다음 여달을 모셔다 왕으로 추대하면 바로 최영의 세상이 되는 것이었다. 무학이 말리지 않았다면 그렇게 진행되었을 확률이 컸다. 왜구보다 더 큰 피해를 끼치는 우왕을 제거하고 여달을 왕으로 세우는 일련의 과정도 그리 나쁘지는 않았지만 그것은 고려의 멸망을 늦추게 될 따름이었다. 이성계를 밀어 새로운 나라를 건설하려는 결심을 굳힌 이상에는 최영의 세상이 되도록 놔둘 수는 없었다.

우왕 11년(1385), 함주에서 강씨 소생의 아들 형제가 세상이 좁다고 날쳤다. 방번은 만으로 네 살이고 방석芳碩은 연년생이라 미운 짓을 골라서 할 때였다. 좀 전에도 참새를 잡는다고 돌을 던졌다가 그만 장독을 깨는 바람에 혼이 났는데도 언제 그랬냐는 듯 소리를 지르고 돌아다녔다. 지금은 칼싸움을 한답시고 막대기를 주워 휘두르다가 호되게 얻어맞은 방석이가 죽는다고 악을 쓰며 울었다. 유모가 달려가 맞은 곳을 불어주고 달래도 오히려 더 크게 악을 써댔다.

그런 모습을 물끄러미 지켜보던 강씨는 절로 한숨이 났다. 계속 개경에 있고 싶었지만 그럴 수 없었다. 방석이를 낳고 돌을 지났을 때 친정 아버지가 찾아와 그만 함주로 가라고 하는 것이었다. 아이들을 잘 기르려면 개경에서 교육시켜야하지 않겠냐고 말하다가 불호령을 맞았다. 강윤성은 지금까지 개경에 머문 기간이 훨씬 많았으니 앞으로는 함주에서 보내라고 엄명했다. 내키지 않는 걸음으로 함주에 온 다음부터 꼼짝없는 감옥살이였다. 부처님의 영험으로 아들을 둘이나 낳는 바람에 더 이상 자식을 얻겠다는 명분도 없거니와, 강윤성이 부모의 생신이라도 굳이 올 필요 없다고 했으니 핑계를 댈 거리가 아예 없었다. 산짐승이나 살면 딱 좋을 함주에서 평생을 보낼 생각을 하니 그저 한숨만 날 뿐이었다. 무엇보다도 정인情人을 만날 수 없는 것이 가장 괴로웠다. 이따금씩 이성계와 잠자리에 들어도 긍호의 생각뿐이었다. 긍호를 만날 수만 있다면 무슨 짓이라도 할 수 있을 것 같았다.

"추방秋防에 만전을 기하라!"

이성계가 단단히 명을 내렸다. 추수기가 다가왔으

니 여진족이 찝쩍거릴 시기였다. 곳곳을 순시하고 방어태세를 점검해야 했기 때문에 이 무렵이 가장 바빴다. 동북면의 세력권에 편입되지 않은 여진족들은 이 무렵이 되면 여러 부족이 연합하여 접경지역을 기습하기 일쑤였다. 여진족을 누구보다 잘 아는 이성계는 오직 강력한 응징밖에 다른 대안이 없다고 결론내린 지 오래였다. 오늘도 북쪽의 접경을 순시하고 돌아오는 길에 갑자기 함주 쪽에서 크게 연기가 솟구쳤다. 날랜 부하를 보내 무슨 일인지 알아보려는데 급히 전령이 달려왔다. 정도전과 무학이 다녀갔던 일이 은근히 켕겼다.

"왜, 왜구가 쳐들어왔습니다!"

"무엇이! 왜구가 쳐들어 왔다고 하였느냐?"

무슨 왜구들이 고려의 끝인 동북면까지 쳐들어왔다는 말인가? 혹시 여진족을 혼동한 것이 아니냐고 확인해도 전령은 왜구가 틀림없다고 보고했다. 왜구든 여진족이든 일단 격퇴하고 봐야했다. 인근의 부대들에게 전령을 보내고 대동했던 직속부대를 휘몰아 함주로 달려갔다. 함주에 남긴 수비병들과 접전을 벌이는 놈들은 기가 막히게도 왜구였다. 수비병들이 삼천이나 되는 왜구들과 목책木柵을 사이에 두고 치열하게 싸웠다. 이원계가 고함을 지르며 독전했지만 전혀 예상치도 못한 방향에서 기습을 당한 수비병들이 밀리기 시작했다. 아무래도 그리 오래 버티지 못할 것 같았다. 목책이 무너지면 왜구들이 함주로 쏟아져 들어올 판이었다. 이성계가 크게 고함을 지르며 내닫자 밀리던 수비병들이 기뻐 함성을 질렀다. 강력한 원군의 출현에 왜구들이 주춤했다.

"이성계를 모르느냐! 아기발도를 죽인 용사가 바로 나다!"

격노한 호랑이처럼 울부짖은 이성계가 활을 쏘았다. 미처 눈에 보이지도 않을 정도로 퍼붓는 화살에 순식간에 열 명이 거꾸러졌다. 숨 돌릴 틈도 없이 퍼붓는 화살은 하나도 어긋나지 않았다. 이성계의 솜씨에 왜구들이 경악했다. 방향을 잘못 잡아 얼결에 함주에 상륙한 왜구들은 설마 여기가 아기발도를 죽인 이성계의 소굴인지는 전혀 몰랐다. 상상조차 하지 못한 신궁神弓의 솜씨를 보고서야 비로소 자신들이 무슨 짓을 했는지 알게 된 왜구들이 공포에 질려 퇴각하기 시작했다. 이성계가 활을 쏘며 내닫자 뒤늦게 달려온 부대들이 합세하여 적을 몰아쳤다.

퇴각하던 왜구들도 이판사판이라며 필사적으로 저항했다. 곳곳에서 처절한 백병전이 벌어졌다.

"아기발도의 복수를 하겠다!"

웅장한 체격의 적장이 창을 꼬나 잡고 덤벼들었다. 가볍게 사살하려 했는데 전통箭桶이 허전했다. 급한 김에 빈 활을 튕겼지만 곧 간파당하고 말았다. 화살이 떨어진 것을 눈치 챈 적장이 고함을 지르며 달려들었다. 이성계가 활을 버리고 칼을 뽑는 순간 적장이 바짝 육박했다. 창날이 독사처럼 뻗어왔다. 허리를 틀어 아슬아슬하게 창날을 흘린 이성계가 칼을 후려쳤다. 어깨에 칼을 맞은 적장이 묵직한 비명과 함께 창을 떨어뜨렸다. 다시 칼이 번득이자 말을 돌려 달아나려던 적장의 목덜미에서 피가 튀었다. 목이 반이나 잘려나간 적장이 피를 뿜으며 거꾸러졌다. 주장主將의 쾌승에 사기충천한 장병들이 왜구를 몰아쳤다. 배를 타고 도주한 왜구는 겨우 삼백도 되지 않았다. 저마다 적의 목을 베어든 장병들이 벅차게 함성을 질렀다. 대승을 거둔 장병들을 치하하던 이성계가 깊은 숨을 들이마셨다. 전쟁터에서 가장 큰 전과는 생존이었다.

"여기서는 못살겠어요!"

강씨가 찾아와 악을 썼다. 조정에 보낼 보고서를 작성하던 이성계가 고개를 들었다.

"무엇 때문에 그러는 게요?"

"몰라서 물으세요! 북원과 여진족에다 왜구까지 쳐들어오는 곳에서 어떻게 자식을 기르고 살라는 말이에요?"

"그럼 어떻게 해주면 좋겠소?"

"방번이와 방석이를 데리고 개경으로 갈 테니 빨리 준비해주세요!"

"진심으로 그러는 게요?"

"그래요!"

이성계가 붓을 놓고 가만히 바라보았다. 한씨는 노비들을 이끌고 나가 다친 장병을 치료하고 전사한 장병의 식솔들을 위로하고 있거늘, 손도 까딱하지 않으면서 기껏 그 따위 소리나 뱉는 강씨가 제정신으로 보이지 않았다. 뭐 이런 게 다 있냐는 생각까지 들 지경이었다. 생각 같아서는 당장 머리채를 잡아 끌어 내치고 싶었지만 강윤성이 반역에 버금가는 죄를 저질러 가문이 몰락하기 전에는 그럴 수 없었다.

"그렇게도 개경으로 가고 싶소?"

이성계가 살기 띤 모습으로 말하자 강씨도 찔끔했다. 그래도 개경으로 보내달라는 뜻은 변하지 않았다.

"기다리시오. 언젠가는 우리 모두가 개경으로 가게 될 테니"

"그게 무슨 말이세요? 정말 모두가 개경으로 갈 수 있다는 말이에요?"

"그렇소."

"그때가 언젠데요? 어서 빨리 가고 싶……."

"닥치지 못하겠어!"

이성계가 탁자를 내리치며 버럭 소리를 질렀다. 처음 겪는 이성계의 위세에 깜짝 놀란 강씨가 슬금슬금 눈치를 보았다.

"언젠가는 가게 되겠지만 계속 이렇게 나오면 당신은 여기 떼어두고 갈 수밖에 없어! 알아들었나?"

"아, 알겠어요."

"알았으면 나가서 손윗사람을 돕도록 하시오."

강씨가 울상이 되어 밖으로 나가자 이성계가 피식 웃었다. 보고서를 마저 작성한 이성계가 칼을 뽑았다. 오늘 벤 적의 피가 듬성듬성 묻은 칼날에서 매서운 살기가 피어났다. 앞으로 벨 상대가 분명히 정해진 이상 후퇴는 있을 수 없었다. 이 바닥에서의 후퇴는 바로 죽음이었다.

핏물 같은 노을이 불국사를 붉게 적시고 마른 바람이 버석이며 대지를 핥았다. 여달은 아까부터 석가탑釋迦塔을 바라보았다. 여달은 목수이면서도 나무를 현란하게 깎아 맞춘 것 같은 다보탑多寶塔에 그리 관심을 두지 않았다. 같은 사람이 만들었는데도 다보탑과 석가탑은 완전히 달랐다. 자연석을 크게 모로 다듬어 별다른 기교 없이 적층積層한 석가탑에 이상하게 끌렸다. 석가탑 앞에 서 있노라면 탑 안에서 누군가가 부르는 것 같았다. 오랜 고행 끝에 위대한 걸작을 완성한 석공이 뭐라고 말을 걸어오는 착각마저 들었다. 힘차고 정교하게 정을 내리치는 그의 망치와 짙은 농도의 땀 냄새마저 느껴지는 것 같았다.

다보탑과 석가탑을 완성한 전설적인 석공은 백제의 아사달阿斯達이었는데, 석가탑은 달리 무영탑無影塔이라고 불렸다. 아사달의 아내인 아사녀阿斯女가 남편을 그리다 못해 불국사를 찾았을 때 아사달은 다보탑을 완성하고 석가탑에 매진하는 중이었다. 아사녀와 만나게 되면 아사달의 마음이 흔들려 완성도가 떨어질까 저어한 불국사의 주지가 바깥의 연못에 아사달의 일하는 모습이 비치니 그곳에 가보라고 말했다. 그것을 그대로 믿은 아사녀가 연못을 바라보았지만 아무것도 비치지 않았다. 하염없이 연못을 바라보던 아사녀는 끝내 아사달이 비치지 않음에 절망하여 연못에 몸을 던졌고, 석가탑을 완성한 후 그 사실을 알게 된 아사달마저 아내의 뒤를 따라 자결했다는 슬픈 전설이 그림자가 비치지 않는다는 무영탑의 이름을 낳게 한 것이었다. 석가탑에 더욱 애정이 가는 것은 무심결에 전설이 이입移入된 결과인지도 몰랐다.

기운찬 북소리가 한바탕 휘날린 다음 저녁예불을 알리는 범종이 울렸다. 석가탑 앞에서 듣는 범종 소리는 가슴과 영혼을 진동시켰다. 숙명처럼 매달린 아름드리 당목撞木이 수평으로 때릴 때마다 청동青銅의 몸을 가진 거대한 짐승이 우엉우엉 울었다. 보이지 않는 청동의 비늘이 공간을 그득 메우며 공명共鳴할 때마다 석가탑이 가늘게 진동하는 것 같았다. 여달은 산산이 흩어지는 범종의 음파를 가슴에 담았다. 바람의 틈으로 허망하게 사라진 소리의 여운을 찾고 있는데 누군가의 음성이 사념思念을 균열시켰다.

"탑은 탑일 뿐입니다."

무명이 나직이 말했다.

"이곳에 불국佛國을 지은 존재는 인간입니다. 인간에 의해 지어진 것이 어떻게 불타의 나라가 될 수 있겠습니까?"

"……."

"인간에 의해 지어지고 세워진 것은 언젠가 자연으로 돌아가게 마련입니다. 사찰 역시 그리 오래가지 않으며 오래갈 필요도 없습니다. 오직 불타와 극락정토極樂淨土만이 영원할 뿐입니다."

"……."

"절은 절이고 사람은 사람입니다. 목수는 품삯 받고 절을 짓는 것으로 의무를 다하는 것이며, 중은 잿밥에 마음 두지 않고 염불 잘하면 되는 것입니다. 시주 같은 목수가 절에 있을 이유는 없으며 중이 될 이유는 더욱 없습니다."

무명이 이렇게 많은 말을 한 적이 없었다. 무명을 가만히 바라보던 여달이 입을 열었다.

"목수가 중이 되면 안 된다는 법이라도 있습니까?"

"물론 그렇지 않습니다. 석가세존釋迦世尊을 제외하면 태어날 때부터 불법을 아는 사람은 없지 않겠습니까? 중은 사바娑婆에서 피안彼岸으로 들어오는 것이며 목수도 사바의 일원인 만큼 인연이 된다면 얼마든지 출가할 수 있습니다."

"그런데 왜 자꾸 막으시는 겁니까? 게다가 이제는 여기서 나가라고까지 하시니 참으로 답답할 따름입니다."

무명이 다시 여달을 바라보았다. 어스름한 가운데 그의 눈이 비수처럼 빛났다. 흠칫 놀란 여달이 저도 모르게 한걸음 물러섰다.

"시주는 불가佛家와 인연이 없습니다. 세속에서 큰일을 할 사람이니 선사先師께서 막으라고 하셨습니다. 소승은 여기서 기다리다 선사의 명을 수행할 따름입니다."

"감히 여쭙기는 두려우나 선사의 법명法名이 어찌 되시는지요?"

"소승도 모릅니다. 처음 출가하여 법을 받았을 때부터 열반에 드셨을 때까지 법명을 알려주지 않으셨기 때문에 이때껏 선사의 법명을 모르고 있습니다."

갈수록 태산이었다. 혹시 노망이 들지 않았을까

걱정될 지경이었다. 그러나 무명은 너무나 진지하고 간절했다.

"그렇다면 스님의 선사께서 여달이라는 목수가 불국사에 올 것이니 거기서 기다리고 있다가 출가를 만류하라고 하셨다는 말입니까?"

"불국사는 제 스스로 찾아온 것입니다. 선사께서 장소까지 짚어주지는 않았거든요."

무명을 바라보던 여달이 정신을 추슬렀다. 그의 말을 그대로 믿을 수 없거니와 더 이상 말을 나눠봐야 좋을 것이 없을 것 같았다.

"제 결심은 확고합니다. 그리고 오늘 이후로 여달이라는 사람은 사라질 터이니 만류해봐야 소용없을 것입니다."

정장한 승려들이 장중하게 독경하는 가운데 향 연기가 은은하게 퍼졌다. 여달은 정갈한 물이 담긴 대야 앞에 머리를 풀어헤치고 꿇어앉았다. 대야 안에서는 생소하고 이질적인 사내가 여달을 올려보고 있었다. 머리카락을 마음을 어지럽히는 풀이라 하여 유심초遊心草라 하였던가. 그것을 잘라내고 승복을 입어 기나긴 고통을 끊으리라 다짐했다. 잠시 후 삭발하고 계戒를 받으면 승간소생 출신의 도편수 여달은 사라지고 승려가 태어날 터였다. 하나도 이탈하지 않고 끝까지 따라준 수하들이 마음에 걸렸지만 그들과의 인연도 이것으로 끝이었다.

"준비는 되었는가?"

"되었습니다."

삭도削刀를 든 상좌가 천천히 다가왔다. 상좌의 손가락이 머리카락에 닿는 순간 얼음이 떨어진 것처럼 흠칫 몸이 떨렸다. 결심한 이상에는 이런 추태를 보이지 말자고 얼마나 다짐했던가. 부끄러움을 견디지 못한 여달이 굳게 합장했다. 삭도가 머리카락을 끊으려는 순간 누군가가 거칠게 뛰어들었다.

"당장 멈추지 못할까!"

무명이 우렁차게 외쳤다. 그동안 있는 줄도 모르게 행동하고 단 한 번도 큰소리를 낸 적이 없던 그가 갑자기 뛰어들어 외치자 모두가 어안이 벙벙했다. 정신을 수습한 상좌 하나가 썩 앞으로 나섰다.

"칠십이 다 되도록 견성을 하지 못해 비구比丘에 머물고 있는 놈이 여기가 어디라고 뛰어들어 패악을 부린다는 말이냐! 썩 물러가 맡은 일이나 하지 못할까?"

"물러가지 못하겠다! 패악을 저지르는 놈들은 바로 네놈들이 아니더냐?"

무명의 외침에 분개한 승려들이 달려들었다가 한 주먹에 나가 떨어졌다. 나이와 걸맞지 않는 놀라운 힘이었다.

"승려가 되기 위해서는 승과僧科에 합격하여 승첩을 받아야 할 것이다! 명석한 청년들도 승과에 합격하려면 몇 년이나 걸리는 판에, 저 목수 놈이 그렇게 유식하고 공부를 많이 하여 승과를 통과하기라도 했다는 말이더냐? 그렇지 않으면 지체 높은 가문의 자제들이 음서로 벼슬하는 것처럼 승과의 면제사유가 있거나, 법력이 높은 고승들에게 사사하여 종단의 인정을 받아야 정식으로 출가가 가능할 것이다! 저 목수 놈은 대체 어느 사례에 해당하기에 도력 높은 불국사의 상좌들이 직접 삭발하여 출가시킨다는 게냐? 하다못해 사미승沙彌僧으로 들어와 깊이 수행하고 공부가 충실하여 주지의 인정을 받았다면 모르겠으되, 천수경千手經조차 모르는 일자무식의 목수 놈을 정식으로 출가시키는 것은 대체 무슨 짓이라는 말이냐!"

칼날 같은 꾸짖음에 누구도 반박하지 못했다.

"저놈의 목수 질이 워낙 출중하여 여기에 잡아두려는 수작이라는 것을 모를 줄 아느냐? 지금까지 공짜로 부려먹은 것도 모자라 죽을 때까지 부려먹기 위한 수작이 아니더냐! 머리 깎아 가사 입히고 허울 좋은 법명 던져주는 대신 죽을 때까지 공짜로 부려먹을 목수를 얻을 수 있으니 만 곱은 남길 수 있는 장사였을 테지. 참으로 구역질나는 중놈들이로다!"

사정없이 꾸짖은 무명이 여달을 가리켰다.

"미욱한 놈 같으니, 중은 아무나 되는 줄 아느냐? 너 같은 놈들이 중이 되어 견성할 수 있다면 세상은 부처와 보살로 넘쳐날 것이다! 이미 고려의 땅은 전부가 사찰의 땅이라고 해도 과언이 아니며 천예賤隷를 제외하면 열 명에 두 명 꼴로 승적僧籍에 올라 있는 실정이다! 사전寺田과 노비로 배를 불리면서 굶어 죽은 백성들에게는 눈곱만큼도 베풀지 않는 것이 요즘의 중놈들인데, 그놈들을 위해 몇 년이나 공짜로 일해 준 것도 시원치 않아 평생을 매이려고 하느냐?"

"……."

"움막도 없어서 풍찬노숙風餐露宿하다 병 걸리고 죽어가는 백성이 널리고 널린 세상이다! 그들을 위해 움막 하나 세워줄 생각은 하지 않고 부처님을 빙

자하여 배때기 불리고 첩질이나 일삼는 땡중 놈들의 밑구멍이나 닦아주려는 네놈이 제정신이더냐? 낮에는 그렇게 헛짓거리 하고 밤에는 염불외고 목탁 치면 부처님께서 어여삐 여기실 것 같으냐! 참으로 한심한 놈이로다!"

광풍이 몰아치듯 한바탕 비판한 무명이 바람같이 사라져버렸다. 모두가 황당하여 꿈인가 생시인가 하는데 여달이 조용히 일어나 불단佛壇으로 걸어갔다. 불단을 밝히는 큰 촛불을 손에 잡은 여달이 그것을 얼굴로 가져갔다. 머리카락 타는 노린내가 훅 끼친 후 뜨거운 고통이 왼쪽 뺨을 꿰뚫었다. 살이 타고 기름이 지글지글 끓었다. 이빨 틈으로 비집어 나오는 신음을 억지로 누른 여달이 얼굴에 홈을 새기듯 촛불을 움직였다. 오히려 뒤에 있던 상좌들이 크게 놀랐다. 도저히 견디기 어려운 화기火氣의 침범에 몇 번이나 촛불을 내던지려 했지만 그럴수록 이를 악물고 살을 지졌다. 상좌 하나가 달려들어 만류했을 때는 이미 얼굴의 대부분이 불에 탄 다음이었다. 대야에 얼굴을 비춰본 여달이 미친 듯 웃었다.

성균좨주成均祭酒 정도전이 성균관成均館의 문묘文

廟에 들어가 공자의 초상에 분향하고 배례했다. 성균좨주는 유학의 상징이자 관료의 산실인 성균관의 의전을 책임지는 막중한 직책이었다. 성균좨주에 보임되려면 정식으로 등과하고 충분한 연륜이 필수적이지만, 학식이 최고 수준으로 검증되어야 가능했다. 고려 제일의 학식으로 인정받는데다 예전에 성균관의 직책을 맡은 바 있는 정도전이 성균좨주에 보임된 것은 외형적으로는 제대로 된 인사라고 할 수 있었다.

정도전이 다시 복직된 것은 작년의 일이었다. 이인임 등의 권신들과 갈등을 빚다가 유배당한 때가 우왕 원년이었으니까 무려 9년 만에 복직하게 된 것이었다. 거의 강산이 변할 세월을 밖에서 떠돌던 정도전이 다시 출사하게 된 것은 관료들 사이에서 실력 있는 사람이 필요하다는 여론이 형성되었기 때문이었다. 이인임 일당의 집권력이 예전 같지 않은 조짐이 나타나자 다시 친명정책을 밀어붙여야 한다는 주장이 대세가 되었는데, 정도전이 비록 편협하고 적이 많기는 해도 반드시 필요한 인물이라는 공감대가 형성된 결과 다시 출사할 수 있었다.

그런데 맹랑한 것은 정도전이 복귀한 직후 명나라

의 사신으로 선발되었다는 것이다. 공민왕 사후 벌어진 일련의 사태로 인해 극도로 험악해진 명나라와의 관계를 정상화시키기 위해 적지 않은 사신을 보냈으니, 작년에 또 사신을 보낸 것은 충분히 있을 수 있는 일이었다. 일단 정몽주를 정사正使로 하여 정기적인 성절사聖節使를 구성하였는데, 서장관書狀官에 정도전이 지목되었다. 서장관은 정사, 부사副使와 함께 삼사三使로 불리며 사행使行의 모든 것을 기록하고 실무를 책임지는 직책이다. 복직된 직후 바로 서정관이 되어 어려운 시기의 사신으로 갔다는 것은 그만큼 정도전의 학식과 역량이 인정되었다는 말이 되지만, 문제는 정도전을 지목한 사람이 정몽주라는 것이었다.

"어이구, 삼봉은 언제나 바쁘시구먼."

호랑이도 제 말 하면 나타난다더니 정몽주가 성균관에 들어와 인사를 건넸다.

"바쁘신 분이 여기는 웬일인가?"

"마침 시간이 나기에 옛날 생각이 떠올라 들러보았다네."

"잘 왔네, 차라도 한 잔 하고 가게나."

노복이 가져온 차를 한 모금 마신 정몽주가 주변을

둘러보며 웃었다.

"성균관에 입교한 것이 어언 이십팔 년 전일세. 세월 참 빠르네 그려."

소과를 급제해야 성균관에 들어가 대과를 준비할 자격이 주어졌는데, 최종 합격률은 그리 높지 않았다. 계속 미역국을 먹는 유생들은 새로 입학하는 유생들을 위해 자리를 비워주어야 했다. 출교出校 당하는 자들이 눈물을 흘리며 짐을 챙겨 나가는 모습은 차마 못 볼 꼴이었다.

"하마터면 성균관에서 쫓겨날 뻔했다면서?"

"하하하! 그럴 뻔했었지. 하재생下齋生 놈이 건방지게 굴기에 몇 대 쥐어박았더니 이빨이 왕창 나가버렸거든."

정상적으로 소과를 통과하여 입교한 유생을 상재생上齋生이라 했고, 음서에 의하거나 성균관 자체의 선발시험인 승보升補를 통과하여 들어온 자들을 하재생이라고 했다. 열심히 노력하여 살인적인 경쟁률을 뚫고 들어온 상재생들은 아비 잘 만난 하재생들을 경멸했다. 또한 하재생은 그들대로 상재생이 곱게 보일 리 만무했기 때문에 필연적으로 알력이 발생했다. 어느 날 정몽주가 식당에서 식사를 하는데 하재생의 우두머리 노릇을 하던 자가 실수한 척 하면서 국그릇을 정몽주의 등에 엎어버렸다. 격분한 정몽주가 죽도록 패버렸는데, 얻어맞은 놈의 아비가 펄펄 뛰는 바람에 하마터면 퇴교 처분을 당할 뻔했다. 상재생들이 정몽주를 자르면 전부 자퇴하겠다고 들고 일어나서 겨우 무마될 수 있었는데, 그 사건은 상재생들의 전설이 되어 있었다.

"앞으로는 어찌 될 것 같은가?"

정몽주의 질문에 정도전이 심드렁하게 대답했다.

"스승의 말씀대로 친명정책을 추진하면서 사림의 힘을 기르는 것 밖에 더 있겠나? 그 말씀이 정답일세."

"내가 듣고 싶은 것은 자네의 견해일세."

"나의 견해도 스승의 말씀과 그리 다르지 않네. 답답한 것 같아도 가장 분명한 방책이 아닌가?"

정몽주가 가만히 바라보다 남은 차를 마셨다.

"개인적으로 질문이 있는데……."

"무엇인가?"

"무학이라는 중과 자주 만나는 것 같은데 무슨 연유라도 있는가?"

"아, 내가 유배에서 풀려나 한양에 자리를 틀고

있을 때 무학 대사가 지방을 오가다가 몇 차례 들른 것이 인연이 되었다네. 그리고 자네 말처럼 자주 만나는 것은 아닐세. 잊을 만하면 이따금씩 만났을 뿐이지. 그런데 무엇 때문에 묻는 것인가?"

"불교라면 잡아먹지 못해 안달했던 자네가 과히 평판이 좋지 않은 중과 어울리는 것이 잘 이해가 가지 않아서 그렇다네."

"사람이 다 같은 사람이 아니듯 중이라고 해서 다 같지는 않다네. 비록 승려라고 해도 무학 대사는 보기 드문 인품과 학식을 갖춘 분이지. 그 분과 대화를 나눌 때는 정말이지 가슴이 시원하게 트였다네."

"그런 이유밖에 없는가?"

"더 솔직히 말해 줄까?"

정도전이 싸늘하게 웃었다.

"자네가 말한 '과히 평판이 좋지 않은 중'과 친해지게 된 것은 너무나 외로웠기 때문이었네. 유배가 풀려 한양에 올라와 초옥을 짓고 아이들을 가르친다는 것을 모르지 않을 텐데도 누구 하나 코빼기라도 비쳤던가? 내가 잘 나갈 때는 그렇게 알랑대던 자들이 막상 벼슬이 떨어지고 유배를 당하니까 안부편지조차 보내지 않더란 말일세. 양식이 떨어져 곤란을 당하기도 여러 차례였지만 도저히 사정을 알릴 엄두가 나지 않더군. 그렇게 외롭고 힘들 때 찾아와 세상 소식을 전해주고 탁발한 것도 꺼내주었으니 어찌 고맙지 않겠나? 무학이 비록 지탄받는 불교의 인물이라고 해도 흉금을 터놓고 대할 수 있는 유일한 사람이네."

정몽주가 묵묵히 일어나 나갔다. 그를 배웅한 정도전이 피식 웃었다. 아무렴 정몽주가 뭐가 한가하다고 여기까지 찾아와 차를 마시고 가겠는가. 사행할 때 서장관으로 지목하여 대동해 간 것도 정도전의 내면을 캐내기 위함이었다. 사행이 보통 넉 달 이상이 걸린다는 것을 감안하면 충분히 속셈을 파악할 수 있다고 여겼겠지만 정도전은 전혀 내면을 비치지 않았다. 결국 아무것도 알아내지 못한 정몽주는 정도전을 배제했다. 성균좨주가 고위직급이라고 해도 정치적 실권이 없는 명예직에 해당했으니 정몽주의 의도는 충분히 짐작할 수 있었다.

개경으로 돌아온 여달이 빈민들을 찾아가 움막을 세워주고 거친 죽을 끓여 나눠먹었다. 언제나 힘들고 바빴지만 수하들은 여달을 믿고 따랐다. 오늘도 죽을 끓이고 있는데 무학이 나타나 바랑에 든 것을 솥에 쏟아 넣었다.

"소승도 한 끼 얻어먹을 수 있겠습니까?"

"이렇게 드시는 것은 언제라도 환영입니다."

여달이 빙그레 웃자 무학이 슬쩍 말했다.

"불국사를 능가할 자신이 생겼습니까?"

무학의 말에 여달이 담담하게 웃었다.

"그럴 필요가 없다는 것을 깨달았기 때문에 불국사에서 나온 것입니다."

일그러진 입술에서 나오는 음성도 보기 흉하게 일그러진 것 같았다. 무학이 속으로 혀를 찼다. 목소리가 아니었다면 알아보지 못했을 정도로 얼굴이 망가져버렸지만 여달은 전혀 개의치 않았다.

"남을 이긴다거나 가장 높은 곳에 선다는 것은 무의미하여 무가치합니다. 죽을 때까지 어려운 사람들을 도우면서 살 것입니다."

"그게 바로 자비와 보시를 행하는 것입니다. 아무나 할 수 있는 것이 아니지요."

무학이 합장하여 여달을 치하했다. 여달은 그저 담담하게 웃을 뿐이었다.

– 대체 어떤 도반道伴인가?

무학은 여달에게 직접 영향을 끼쳤다는 승려에 대해 곰곰이 생각했다. 불국사의 상좌들을 일거에 제압했다는 무명이라는 늙은 승려는 정말 경탄스러웠다. 무학이라고 해도 그 정도까지 할 자신은 없었다. 아무리 생각해도 승려와 그의 선사라는 고승高僧의 정체가 전혀 짚어지지 않았다. 무학으로서도 짐작조차 가지 않을 정도라면 종단에 소속되거나 은거한 고승의 문하가 아닌 것이 분명했다. 무학은 아득한 옛날부터 존재했던 겨레의 본질에 불교가 결합된 방파傍派일 것이라고 추정했다. 세속과 철저히 분리되어 전혀 알려지지 않았지만 그 방파는 이 땅에 위기가 오거나 새로운 나라가 태동할 때마다 존재를 드러냈다. 처음 스승이 되었던 소지선사小止禪師와 본격적으로 가르침을 받은 혜명국사慧明國師는 물론, 나중에 원나라로 유학 가서 사사한 혜근惠勤과 지공指空도 그들의 존재를 확신하지 않았던가. 화랑에게 세속오계世俗五戒를 전한 원광법사圓光法師와 신라 말기의 고승으로 고려의 창건을 예지하고 한양을 도읍으로 삼아야 한다고 설파했던 도선국사道詵國師도 그들과 연관이 있는 게 분명했다. 굳이 그들을 추적할 필요는 없을 것 같았다. 그들의 출현을 신국新國이 발흥할 조짐으로 받아들이고 자신의 역할을 다하면 그만이었다.

승 부

이인임은 요즘 심기가 편하지 않았다. 제일의 권력을 누리고 있는 그를 불편하게 만든 것은 활불活佛이라는 목수집단이었다. 불국사에서 도를 통하고 나왔다는 목수집단은 빈민과 소외된 자들을 위해 할 수 있는 노력을 다했다. 그들에게 도움을 받은 백성들이 그들을 활불이라 부르며 존경했다. 활불이 이인임의 심기를 건드리게 된 것은 그들의 배후에 최영이 있기 때문이다. 최영은 부호들에게 활불을 소개하여 두둑한 품삯을 받게 해주었다. 활불은 그렇게 얻은 수익을 모두 백성들에게 돌렸는데, 그런 일이 계속되다보니 최영이 활불을 조직하여 선행을 베푸는 것처럼 알려지게 되었다. 그렇지 않아도 청렴결백하여 백성의 신망이 높은 최영이 활불을 통해 민심까지 얻게 되었으니 이인임의 심기가 불편할 수밖에 없었다. 문제는 마땅한 대책이 없다는 것이었다. 동일한 방법을 사용하면 너무 속이 빤하게 드러나는 데다,

이득을 추구하는 그 바닥의 본질과는 정면으로 배치되기 때문이었다.

"어디 편찮으신 데라도 있으십니까?"

염흥방廉興邦이 걱정스러운 듯 말했다. 심복 가운데 심복인 염흥방은 이인임이 가장 신임하는 자였다. 자초지종을 들은 염흥방이 별 것 아니라는 기색으로 말했다.

"그 활불이라는 놈들을 없애버리면 간단하지 않습니까? 제가 거느리고 있는 무뢰배들을 시켜 본때를 보이도록 하겠습니다."

"그렇게 간단하지 않네. 백성들이 활불이라고 부르며 따를 정도로 인기가 높은 놈들을 건드렸다가 내가 사주한 것이 드러나면 곤란하지 않겠는가?"

이인임이 고개를 저었다. 염흥방이 제안한 것을 생각해보지 않은 것은 아니었으나, 최영이 민심을 얻는 것을 시기한 이인임의 소행이 분명할 것이라는 의심을 피할 길이 없었다. 그렇지 않아도 여론이 지극히 나쁘게 돌아가는 판에 활불을 건드려 민심의 이반을 자초하는 것은 미련한 짓이었다.

"그렇다면 실력으로 꺾어버리도록 하지요."

"무슨 실력으로 어떻게 꺾는다는 말인가? 구휼救

恤하는 것으로 승부하자는 것이라면 아예 말도 꺼내지 말게나!"

이인임이 짜증스럽게 말했다. 염흥방이 빙긋 웃으며 말했다.

"그놈들이 목수들이라고 하니까 우리도 목수를 내세워 승부를 하자는 겁니다. 그래서 활불을 꺾어버리면 바로 최영을 꺾는 것이 아니겠습니까?"

"그래?"

이인임의 표정이 묘하게 돌아갔다.

며칠 후, 활불과 목수마을이 승부를 벌인다는 소문이 퍼졌다. 다시 며칠 후에는 최영과 이인임이 후원하는 활불과 목수마을이 현화사玄化寺의 중건에 참여하여 승부를 겨룬다는 제법 구체적인 내용으로까지 번졌다. 고려 제일의 솜씨를 자랑하는 목수마을이 우세하지 않겠냐는 전망과, 그 마을의 행수 출신인 여달이 이끄는데다 불국사에서 도를 깨우친 활불이 이길 것이라는 주장이 팽팽히 맞섰다. 백성들은 물론 우왕까지도 흥미를 가질 정도였다. 우왕이 이기는 자들에게 큰 상급을 내리라고 명했다는 소문이 더해지자 개경이 온통 들끓었다.

"앉아라."

여달이 최영의 앞에 꿇어앉았다. 얼굴을 뒤덮은 화상火傷에 일그러진 얼굴이 보기에도 끔찍했다. 침중한 안색으로 여달을 바라보던 최영이 잔을 권했다.

"조만간 현화사의 중건이 있을 것이니 반드시 참여하도록 해라."

"그런 것에 빼앗길 시간이 없습니다. 그럴 시간이 있다면 굶주리는 백성을 하나라도 더 돌볼 것입니다."

"네 뜻을 모르는 게 아니다. 그렇지만 네가 중건에 참여하지 않는다면 내가 이인임에게 패배하는 것이 되지 않겠느냐? 그것은 너희 활불에게도 결코 바람직하지 못하다. 그리고 전하께서 하사하시는 상급을 타면 네가 하는 일에 큰 도움이 될 것이다."

최영이 중건할 기간 동안 여달 대신 구휼에 힘쓸 것과, 목수마을을 이기면 자신도 큰 상금을 내려 더욱 많은 사람을 구할 수 있게 할 것을 약속했다. 가만히 생각하던 여달이 최영의 뜻을 받아들였다.

"이번 한 번뿐입니다."

현화사에 목재가 반입되기 시작했다. 몰려든 백성들이 드디어 승부가 시작되었다고 수군거렸다. 궁호가 여달을 찾았다가 흉측한 몰골을 보고 깜짝 놀랐다.

"당신이 정말 여달인가?"

"여달이라는 사람은 죽었다네. 단지 목수 일을 하는 행자行者가 있을 뿐이지."

목소리는 여달이 분명했다. 여달을 노려보던 궁호가 날카롭게 외쳤다.

"네가 우리를 이길 수 있을 것 같으냐? 개망신 당하고 싶지 않으면 지금이라도 물러가는 것이 좋을 것이다!"

"나도 이런 일은 하고 싶지 않지만 도탄에 빠진 백성을 하나라도 더 구하기 위해서는 어쩔 수 없다."

"닥쳐라! 네놈이 무슨 부처라도 된다는 게냐? 시답지도 않은 헛소리 지껄이지 말고 당장 여기서 나가라!"

궁호의 폭언에 여달은 반응하지 않았다. 측은하다는 듯 궁호를 바라보던 여달이 조용히 말했다.

"일은 손으로 하는 것이지 입으로 하는 것이 아니다. 먼저 기회를 줄 테니 어떤 도량을 맡을 것인지 선택하도록 해라.”

“길게 끌지 말고 단판으로 승부하자! 내가 대웅전을 맡도록 할 것이니 너는 극락전을 맡는 것이 어떻겠느냐? 거기서 이긴 자가 모든 중건을 맡도록 하자!”

“좋다.”

우왕 12년(1386), 개경에 온 이성계가 아들들을 불러 저녁과 함께 술을 몇 잔 먹었다. 언뜻 보아도 방우와 방원은 사뭇 달랐다. 본래 방우가 체격도 크지 않은데다 선비 기질이 있어 과묵하고 진중했던 반면에 방원은 반대로 기가 세고 근골이 컸는데, 오랜만에 보니 더욱 차이가 확연했다. 그런데 방우가 뺨이 쏙 들어갈 정도로 파리한 것이 매우 보기에 좋지 않았다.

“어디 아픈 데라도 있는 게냐?”

“그렇지 않습니다.”

“그렇지 않기는? 아비가 보기에는 무슨 병이 있는 것 같다.”

“아픈 곳은 없습니다. 요즘 일이 많아 피곤해서 그렇게 보이는 모양입니다.”

"병은 없다니 다행인데 섭생을 잘 하도록 해라. 일이 많은 관리가 너 하나만은 아닐 터인데 그 정도로 몸이 축나서야 쓰겠느냐? 특히 너는 음서로 취재取才된 사람이니까 주변에 누가 되면 안 된다는 것을 명심하여 처신하도록 해라."

"각골刻骨하여 명심하겠습니다."

이방우가 조심스레 잔을 비웠다. 눈에 띄게 살이 빠진 것은 그가 알고 있는 비밀 때문이었다. 몇 차례나 이성계에게 말할까 하다가 차마 실행할 수 없었다. 이제는 아예 생각하지도 말아야겠다고 다짐했는데, 그렇게 마음먹으니까 한결 마음이 편해졌다.

여달이 직삼각형 계단 모양의 갈모산방을 깎았다. 추녀 곁의 도리 위에 서까래를 걸기 위하여 한쪽 머리는 두껍고 다른 한쪽 머리는 얇게 깎아 붙이는 삼각형의 갈모산방은 장식의 용도를 겸했다. 족히 쌀 반 가마니 무게는 나가는 육중한 갈모산방을 여달이 마치 싸리 빗자루처럼 가볍게 다루었다. 길이 방향으로 켜낸 육송陸松에 먹줄도 넣지 않고 자르고 깎는 모습이 물 흐르듯 자연스럽고 경쾌했다. 자귀와 끌을 놀릴 때마다 필요 없는 부분이 빠르게 덜어졌으며 직선과 곡선이 갈라져 나갈 때마다 평범한 목재가 걸작으로 바뀌었다. 고정시킬 부분을 파낸 다음 마무리하는 대패질 역시 예술의 경지였다. 일정하고 부드럽게 당길 때마다 육송의 표피가 아주 얇게 깎이고 그것이 함유한 본질이 나타났다.

원래 입이 없는 것처럼 묵묵히 매진하는 여달의 움직임은 경건하기까지 했다. 구도求道를 방불케 하는 몸짓이 끝났을 때 새로운 갈모산방이 나타났다. 마치 육송의 내부에서 갈모산방을 꺼낸 것 같았다. 주변에 널린 나무 부스러기와 대팻밥이 아니었다면 하늘에서 떨어졌다고 해도 믿을 지경이었다. 완성된 갈모산방은 머리카락 하나가 들어갈 틈도 없이 완벽하게 들어맞았다. 머지않아 서까래를 얹으면 중건은 거의 끝이었다. 저 앞에서 거의 비슷하게 이루어지는 대웅전이 보였다. 여달은 그것에는 아무런 관심이 없었다. 그는 승부 자체에 무관심했다.

"대장군 계십니까?"

정도전이 불쑥 찾아왔다. 이성계가 얼른 술상을 차려 대접했다.

"정기적인 출사를 하셨다는 말씀을 듣고 인사드리

려 왔습니다."

"인사는 무슨 인사입니까? 일단 술이나 한 잔 받으시지요."

이런저런 한담이 오가던 중에 정도전이 지방으로 발령받았다는 말이 나왔다.

"이번에는 남양부사南陽府使로 가랍니다."

별로 실권도 없는 정도전을 아예 지방으로 발령 낸 것은 아무래도 정몽주의 수작인 것 같았다.

"혹시 눈치를 챈 것은 아닐까요?"

"그렇지는 않습니다. 소인을 경계해서 그럴 뿐이지 다른 뜻은 없을 테니까요."

정도전은 조준趙浚과 남은南誾 같은 급진적 성향의 인물들과 가까이 한다는 것을 말했다.

"관료들 가운데는 포은과 뜻이 다른 사람들도 적지 않습니다. 내가 그들을 응집시켜 세력을 형성할 것이 두려우니까 지방으로 보내는 것이겠지요. 조정에 불만을 가진 자들이 많다는 것은 그만큼 우리에게 유리하다는 뜻이니까 장군께서는 아무런 걱정을 마시고 역량을 기르도록 하십시오."

"알겠습니다. 그런데 무학 대사님은 어디 계십니까? 개경에 온 김에 뵙고 싶은데요."

“소인도 어디 계시는지는 모르겠지만 아마 며칠 내로 나타나실 겁니다.”

정도전이 현화사의 중건을 놓고 벌어지는 승부와 나흘 뒤에 결판이 난다는 것을 말했다. 그렇다면 무학도 반드시 올 것이다.

우왕이 현화사에 행차했다. 어린 세자 창昌까지 대동한 것을 보니 자못 관심이 컸던 모양이었다. 우왕이 배석한 다음 연회를 베풀어 대웅전과 극락전의 중건을 축하했다. 잠시 후 명망 높은 고승高僧들이 중건된 도량을 면밀히 살폈다. 한동안 대웅전과 극락전을 세심하게 살핀 고승들이 의견을 모았다. 전체적인 완성도에서는 대웅전이 확실히 앞섰다. 목수 마을에 소문난 대목들이 많은 반면, 활불이 아직 경력이 깊지 않은 청년들로 구성되었기에 어쩔 수 없는 결과였다. 그러나 여달이 직접 손을 대었을 것으로 추정되는 부분들은 실로 엄청났다. 걸작을 많이 접한 고승들조차도 이건 사람의 솜씨가 아니라고 혀를 내두를 지경이었다. 이만하면 전체적인 완성도에서 뒤진 것을 어느 정도 만회할 수 있었다.

다음은 사찰 건축으로서의 미와 구조, 기능을 평

가해야 했다. 웅장하고 화려하며 주변을 압도하는 대웅전의 위용은 압권이었다. 사찰 건축에 필수적인 장엄함과 미려함은 제일의 걸작으로 손색이 없었다. 대부분이 거찰의 주지로 구성된 고승들은 자신의 사찰에 저런 대웅전이 있었으면 좋겠다고 생각할 정도였다. 그런 만큼 외형적인 면에서는 대웅전의 손을 들어주어야 했다. 문제는 내부였다. 극락전은 그리 많은 기교를 부리지 않았지만 안에 들어가면 이상하게도 마음이 안정되고 정결해지는 느낌이 들었다. 당장이라도 정좌하여 용맹정진하고 싶은 마음이 들 것 같은 극락전은 불타에 가까이 가기 위해 수행하는 본래 기능에 완벽히 부합했다. 사찰을 책임지는 주지의 입장으로서는 대웅전을 가지고 싶었지만 구도를 추구하는 승려로서의 자신과 제자들을 보아서는 극락전을 선택해야 했다. 고승들이 갑론을박을 거듭했는데 쉽게 결판이 나지 않았다. 기다리다 못한 우왕의 재촉에 대표로 뽑힌 각화사覺華寺의 주지가 나섰다.

"소승들이 의견을 모은 결과 대웅전이 약간 나은 것으로 보이나이다."

그 말에 절반 이상의 고승들이 나지막이 탄식했

다. 그들이 보기에는 극락전의 승리였는데, 이인임의 눈치를 보느라 어쩔 수 없이 대웅전의 손을 들어주었던 것이다. 이인임과 궁호가 크게 기뻐하는데 우왕이 옥음玉音을 내렸다.

"과인이 보기에는 극락전이 더 잘 된 것 같은데? 수고스럽지만 한 번 더 심사하기를 바라겠소."

고승들이 다시 의견을 모은 결과 이번에는 극락전의 승리가 선언되었다. 우왕이 극락전을 민 이상에는 더 이상 이인임의 눈치를 볼 필요가 없었던 결과였다.

"일승일패가 되었으니 이번 승부는 무승부로 하는 것이 좋지 않겠소?"

"전하의 성지가 지당하신 줄로 아뢰오."

"중건해야 할 고찰古刹이 적지 않으니 다시 승부를 겨룰 기회가 많을 것이다. 그때 이긴 자에게 상급을 하사하도록 하겠노라."

우왕이 무승부를 선언하자 이인임의 얼굴이 쥐어짠 걸레처럼 구겨졌다. 비록 무승부라고 했지만 우왕이 대놓고 극락전이 낫다고 한데다, 기다렸다는 듯 판정을 바꾼 고승들을 보면 활불의 승리가 분명했다. 음탕한 것을 심사하는 것이라면 몰라도 우왕이 무슨 안목이 있다고 극락전의 가치를 알아보겠는가. 이번 판정은 이인임의 전횡에 염증을 느낀 우왕의 심정이 반영된 것이었다. 자신의 의도가 완전히 빗나가고 중인환시衆人環視리에 망신을 당했지만 왕이 판정한 것을 뒤집을 수는 없는 노릇이었다. 이인임의 얼굴이 잘 익은 홍시처럼 붉어지는데, 궁호가 빠르게 다가와 뭔가를 속닥거렸다. 이인임의 안색에 대번 화색이 돌았다.

"전하! 신이 긴히 아뢰올 말씀이 있나이다."

"무엇이오?"

일어나려던 우왕이 다시 앉았다.

"극락전을 지은 자들의 우두머리인 여달은 승간소생이라 하옵니다!"

"그게 무슨 말이오?"

"여달이라는 자는 본래 개태사의 승간소생이옵니다! 사람이라고도 할 수 없는 천한 것이 어찌 부처님의 도량을 지을 수 있다는 말이옵니까? 감히 양민良民을 사칭한 여달을 엄히 처벌하시고 다시 사노비寺奴婢로 떨어뜨려야 마땅할 것이옵니다."

이인임의 폭로에 우왕이 적지 않게 놀라고 모두가 여달을 바라보며 웅성거렸다. 그러나 여달은 담담했다. 설마 궁호가 이렇게까지 야비하게 나올 줄은 몰랐지만, 어차피 세간에 나온 이상 비밀이 끝까지 지켜지리라고는 기대하지도 않았다. 죽거나 노비로 떨어지는 것은 두렵지 않았다. 다만 가난하고 힘없는 백성들을 위해 일할 수 없게 된 것이 안타까울 따름이었다.

"정녕 네가 승간소생이었더냐?"

우왕의 추궁에 그렇다고 대답하려는 찰나 최영이 나섰다.

"여달은 승간소생이 아니옵니다! 예전부터 자꾸 그런 말이 나돌아 소신이 조사하였는바, 양민의 자식이라는 것이 분명히 입증되었나이다."

"문하시중은 소상히 말해 보시오."

"여달의 어미와 아비는 본래 전라도의 양민이었사온데, 어미가 여달을 가졌을 때 왜구가 쳐들어와 아비가 죽고 어미는 겨우 달아나 이리저리 떠돌게 되었나이다. 그러다가 지쳐 개태사 앞에 쓰러지게 되었사온데, 주지가 불쌍하게 여겨 거두게 되었사옵니다. 이후 개태사에서 태어난 다음 어미가 일찍 죽게 되자 승간소생처럼 살아왔을 뿐이오니 여달은 절대 천출이 아니옵니다."

최영이 간곡히 말하자 우왕이 고개를 끄덕거리다가 이인임을 불렀다.

"경은 무엇을 근거로 여달을 승간소생이라고 말했소?"

우왕의 추궁에 이인임이 궁호를 불러 말하도록 했다. 궁호가 그간의 일들을 상세하게 말하자 최영이 크게 노했다.

"이놈! 감히 어느 앞이라고 그 따위 허위를 지껄이는 것이냐?"

"소인의 아비와 함께 개태사의 중건에 참여했던 대목들이 몇몇 생존해 있으니 그들에게 물어보시면 잘 아실 것입니다."

"그자들이 개태사의 주지나 상좌들에게 여달이 승간소생이라는 말을 듣기라도 하였느냐. 아니면 그런 기록을 보았다는 말이냐?"

"그렇지는 않으나 분명한 사실입니다."

"증거도 없이 함부로 모함하는 것은 중죄重罪에 해당한다! 여달이 개태사의 승간소생이라는 것을 입증하지 못하면 뜨거운 맛을 보게 될 것이다!"

그리 되자 궁호는 매우 난감해졌다. 개태사는 이미 예전에 왜구들이 침범하여 불사르고 승려들을 학살하는 바람에 빈터만 덩그러니 남았을 뿐이다. 그런 판에 어떻게 여달이 승간소생이라는 것을 입증할 수 있겠는가.

"전하! 소승이 상언上言드릴 것이 있나이다."

이번에는 무학이 나섰다. 무학이 지리산 상원사에서 만난 개태사의 상좌에게 여달에 대한 비밀을 들었다는 것을 아뢰었다. 그 내용은 최영이 주장한 것과 그리 다르지 않았다. 누가 보기에도 최영과 무학은 거짓을 말할 사람이 아니었다. 우왕이 판결을 내렸다.

"양민의 자식이 분명한 여달이 승간소생이라고 모함을 당했으니 얼마나 분하고 원통하였겠느냐? 오늘 이 자리에서 여달의 억울함을 풀어줄 것이다!"

"성은이 망극하옵니다!"

최영과 무학이 크게 감격했다.

"아울러 극락전의 승리를 선언하는 바이니, 고려 제일의 도편수 여달에게 상급을 내리도록 하라!"

우왕의 선언에 여달의 수하들이 눈물을 흘리며 감격했다. 현화사 밖에서 서성이던 백성들도 활불의 승리를 제 일처럼 여겨 기뻐하며 쌍수雙手를 들어 환호했다. 그런데 가장 크게 기뻐해야 할 여달은 그저 멍하게 하늘을 바라보았다. 이건 꿈이라고 생각했다. 꿈이 아니고서는 이런 일이 벌어질 수 없었다. 할 수만 있다면 영원히 깨어나고 싶지 않았다. 이윽고 현실에서 벌어진 일이라는 것을 느끼게 되었을 때 가장 먼저 떠오른 사람은 은애였다. 왕에게 고려 제일의 도편수로 인정받았으니 은애와의 약속을 훌륭하게 지킨 것이다. 여달이 졸아든 바닷물처럼 진한 눈물을 흘리며 은애의 이름을 절절하게 부르짖었다.

최영의 자택 마당에서 큰 잔치가 벌어졌다. 활불의 쾌거를 축하하기 위해 최영이 아낌없이 베풀었다. 여달의 수하들은 이제야 보람을 얻었다며 마음껏 먹고 마셨다.

"정말 통쾌하오이다!"

이성계와 무학이 연신 잔을 권했다. 최영도 사양하지 않고 받아 마셨다. 이인임의 코가 납작해진 것은 생각만 해도 통쾌했다. 세 사람이 주거니 받거니 하고 있는데 여달이 방으로 들어왔다.

"오오, 우리의 영웅이 납셨구먼."

최영과 무학이 반색을 했다.

"술을 끊었다지만 오늘은 한 잔 하여라."

최영이 큰 잔에 술을 그득 부어주었다.

"그게 사실이었나이까?"

"뭐가 말이냐?"

"소인이 양민의 자식이었다는 것이 사실이었습니까?"

"물론 그렇지 않다. 하지만 앞으로는 양민의 자식으로 살아야 할 것이다. 알겠느냐?"

여달이 대답 대신 술을 삼켰다. 술이 끝없이 들어갔다. 뱃속에 닿기도 전에 중간에서 사라지는 것 같았다. 머릿속이 온통 술로 출렁이는 것 같더니 정신이 까무룩 잠겨버렸다.

우왕 14년(1388), 정월 초의 바람이 얼음의 칼날처럼 사방을 휩쓸었다. 어스름한 저녁에 가마 하나가 최영의 자택 앞에 멎었다. 최영이 황급히 우왕을 맞았다. 주안상을 받은 우왕이 무거운 안색으로 입을 열었다.

"문하시중은 이번 사건을 어떻게 생각하시오?"

"이번 사건이라 하시면……."

"조반 사건을 말하는 겝니다."

작년 말에 놀라운 사건이 터졌다. 염흥방이 급히 달려와 밀직부사密直副使를 지낸 조반이라는 자가 반역했다고 고하자 조정이 발칵 뒤집혔다. 우왕은 즉시 반란을 진압하라고 명했다. 조반은 곧 체포되었는데 어이없게도 수하 몇 명을 이끌고 개경으로 들어오는 길목에서 체포된 것이었다. 반역을 일으켰다는 자가 달랑 몇 명만 대동하고 개경으로 왔다는 것이 대체 말이나 되는가? 도망가다 체포당했다면 모르겠으되 미치지 않고서야 그럴 수는 없었다. 여하튼 체포된 조반은 전옥典獄에 수감되어 신문을 받았는데, 자신이 반역했다는 말을 듣자 펄쩍 뛰며 부인했다. 조반의 가솔들을 잡아다 문초해도 반역과는 전혀 관련이 없었다.

– 죽일 놈 같으니!

최영이 부드득 이를 갈았다. 그가 알아본 바에 의하면 조반은 반역자가 아니었다. 조반은 개경 인근의 백주白州 사람인데, 작년 말에 염흥방의 가노家奴 이광李光이라는 자에게 땅을 빼앗기게 되었다. 조반은 염흥방을 찾아가 사정을 말하고 애원하여 땅을 돌려받을 수 있었지만 다시 이광이 찾아와 도로 빼앗기고 말았다. 그래도 조반은 순리적으로 해결하려고 했는데, 이광이 주인의 위세를 믿고 마구 행동하는 데다, 조정의 벼슬을 지낸 조반을 서슴지 않고 모욕하자 마침내 분노가 폭발하고 말았다. 격분한 조반은 수하를 동원하여 이광을 참살하고 말았다. 양민이라도 양반에게 공손하지 못하거나 대들면 처벌당하는 판에 감히 노비가 양반의 땅을 뺏고 모욕을 가했으니 죽을죄를 저지른 것이었다. 그러나 이인임의 오른팔인 염흥방의 노비를 죽였으니 무사히 넘어가기 어려웠다. 조반이 해명을 하기 위해 수하 몇을 대동하고 개경에 오게 되었는데, 염흥방이 선수를 쳐 잡아넣어 버린 것이었다. 조반의 가족들까지 끌려와 참혹한 고문을 당하였으며 노모와 어린 것들은 이미 숨이 끊기고 말았다. 이루 형용하기도 어려운 악형惡刑이 가해져도 조반은 당당한 기개로 버텨내고 있었다. 뜻있는 자들은 조반을 크게 존경했지만 이인임이 두려워서 입도 벙긋하지 못했다.

"과인이 보기에는 조반에게 죄가 있지 않소. 그는 반역자가 아니라 피해자가 아니겠소?"

"신이 보기에도 그러하여이다."

"조반을 살려줄 방도가 없겠소?"

"……."

"조반을 살려줄 사람은 오직 문하시중밖에는 없소. 과인의 뜻을 충분히 짐작한 것으로 알겠소."

우왕을 배웅한 다음 최영은 말없이 술을 기울였다. 우왕은 정말 마음에 들지 않았다. 하마터면 칼을 뽑아들 뻔했지 않았던가. 하는 짓을 보아서는 그냥 두고 싶었지만 어쨌든 왕은 왕이었다. 그리고 비록 황음하기는 해도 우왕은 바보가 아니었다. 자신을 겁박하는 이인임 일당을 더 이상 두고 볼 수 없었을 것이다. 최영밖에 없다며 간절히 도움을 청하는 손길을 차마 뿌리칠 수는 없었다. 그리고 어차피 이인임과는 승부를 내야 하지 않는가. 최영의 눈이 날카롭게 번득였다.

8일 뒤, 일단의 병력이 개경으로 접근했다. 북동쪽의 탄현문炭峴門 앞에 정지한 이성계가 신표를 보였다. 최영이 미리 박아둔 수문장이 입성을 허가하자 동북군이 쥐구멍에 스며드는 구렁이처럼 조용히 성문을 통과했다. 잠시 후 개경에 피바람이 몰아쳤다. 최영의 부대와 합류한 이성계의 병사들이 이인임 일당의 사병들을 닥치는 대로 쳐 죽였다. 최강 동북군을 앞세운 최영이 염흥방과 임견미 등의 수뇌부를 참살한 다음 수괴 이인임을 체포했으며, 전옥을 열어 조반을 구출했다.

"끝났습니다!"

피로 칠갑한 이성계가 말에서 뛰어내려 군례軍禮를 하자 최영이 만족하게 웃었다. 섣불리 개경의 병력을 움직였다가 이인임 일당에게 포착당할 위험을 피하기 위해 동북군을 이용한 작전이 그대로 맞아떨어진 것이다. 우왕이 뛸 듯이 기뻐하며 최영과 이성계를 크게 포상했다. 이성계는 수문하시중守門下侍中이 되었으며 동북면을 이원계에게 맡기고 계속 개경에 머무를 수 있었다.

정변의 피바람이 채 가시지 않은 2월 초순의 밤, 무학이 이성계를 찾아왔다.

"이제 문하시중과는 끝입니다. 앞으로는 각자의 길로 가야겠지요."

이인임 일파를 제거하는 과정에서 최영과 거의 대등하게 성장한 이성계는 급진적 개혁성향을 가진 신진관료들의 주목을 받았다. 보수적이고 명나라를 멀리하려는 최영은 그것을 그리 탐탁하게 여기지 않았다. 이성계도 두 사람의 사이가 짧은 기간 동안 급격히 냉각되었다는 것을 체감할 정도였다. 최영의 깊은 신뢰를 받았던 과거를 생각하면 지금의 현실은 매우 어색하고 답답했다.

"고려의 수문하시중으로 만족하고 싶다면 그분께 충성을 맹세하십시오. 그러면 약간 더 살 수는 있으시겠지요."

이성계가 괴로운 표정을 지었다.

"그 분도 굳이 수문하시중을 죽이고 싶지 않으시겠지만 본래 권력은 공평하게 분배될 수 없는 법입니다. 죽이지 않으면 내가 죽는 것이 이 바닥의 본질인데, 거기서 자유로울 수 있는 사람은 존재하지 않습니다. 남양으로 나간 삼봉을 중앙으로 불러들이지 않는 것도 수문하시중을 견제하기 위한 방도가 아니겠습니까?"

"현실을 받아들일 수밖에 없겠군요. 그분은 앞으로 어떻게 나갈 것 같습니까?"

"약간 숨통은 터주겠지만 이인임과 본질적으로 다를 것은 없습니다. 이인임보다 훨씬 더 무서운 점은 전쟁에 통달했다는 것이며, 그것을 이용할 줄 안다는 점입니다. 그분은 정권유지를 위해 그동안 유지

되었던 전시체제를 더욱 견고하게 다지려고 할 것입니다.”

“설마 명나라와 전쟁을 벌이기라도 한다는 것입니까?”

“못할 것도 없겠지요. 빌미는 명나라가 충분히 주지 않았습니까?”

명나라는 고려와의 국교를 정상화하지 않으면서 계속 무리한 요구를 해왔다. 그래도 참고 꾸준히 예의를 다했는데, 이번에 사신으로 갔다가 돌아온 설장수偰長壽가 주원장이 ‘철령 이북은 본래 원나라의 땅이었으니 이를 요동에 귀속시키겠다고 전하라’는 소식을 가지고 돌아왔다. 철령 이북은 본래 고려의 땅으로서 원나라에게 빼앗겼던 것을 치열한 전투 끝에 다시 탈환한 지역이었다. 그것을 내놓으라는 것은 이전까지 반복되었던 위협과 모욕과는 근본적으로 달랐다. 국가로서의 주권을 침해당한 고려는 크게 반발했다. 일전을 불사해야 한다는 강경론이 고개를 들었으며 그에 따라 최영의 입지가 더욱 굳어질 수 있었다.

“명나라가 왜 그렇게 나오는 것입니까? 우리가 그쯤 양보했으면 어느 정도 성의를 보여야 할 텐데,

이렇게 막 나가다가 전쟁이라도 벌어지면 피차 좋을 것이 없지 않겠습니까? 게다가 북원과의 전쟁이 아직 끝나지 않은데다 남방에서 발생한 반란도 상당히 심각한 수준이라는데, 무엇 때문에 고려까지 적으로 돌리려는 것인지 대체 이해가 가지 않습니다."

"명나라로서는 최선의 선택입니다. 그들의 처지가 그리 좋지 않음에도 계속 고려를 압박하는 것은, 약한 모습을 보였다가 고려가 북원으로 붙어버리는 날에는 진짜 수습이 불가능하게 될지 모른다는 계산이 깔렸기 때문입니다. 이번에 받아들이기 어려운 요구를 한 것도 으르렁거려서 제압하겠다는 유치한 수작의 하나인데, 문제는 그것이 받아들여질 수 있다는 것이 아니겠습니까? 이런 거래에서는 먼저 손을 내미는 놈이 손해 보기 마련이니까요."

"이번에는 명나라가 잘못 계산한 것 같습니다."

"글쎄요, 세상일은 두고 봐야 아는 것 아니겠습니까?"

무학이 묘하게 웃었다. 마치 웃는 불상을 보는 것 같은 느낌이었다.

3월에 최영의 딸이 왕비로 간택되었다. 최영을 이용하여 이인임 일파를 제거한 우왕이 최영과 든든히 결속되기 원한 결과였다. 예전에 왕비로 맞았던 이인임의 조카딸은 중궁전中宮殿 한구석으로 밀려나 거의 존재감이 없었다. 그나마 세자를 낳지 않았더라면 서인庶人으로 강등되어 폐출당했을 것이다.

"전하, 서북면 안무사按撫使 최원지崔元沚가 보낸 급보이옵니다."

지신사(知申事, 승지)가 바친 문서를 읽던 우왕이 크게 놀랐다.

"이, 이럴 수가 있소? 어, 어떻게 이런 일이……"

대체 어떤 내용이기에 우왕이 새파랗게 질려 말조차 제대로 잇지 못한다는 말인가. 우왕이 떨어뜨린 급보를 읽어보던 최영도 안색이 급변했다. 급보의 내용은 '명나라의 요동도사(遼東都司, 요동지역 총사령부)가 지휘指揮 두 사람을 보내어 군사 1천여 명을 거느리고 와서 강계에 이르러 철령鐵嶺에 위衛를 세우려 하는데, 명 황제가 이 위를 설치하기 위하여 진무鎭撫 등의 무관들을 미리 임명하였고 그들이 모두 요동에 도착하였다. 앞으로 요동으로부터 철령위까지 70개의 역참驛站을 설치하고 역참마다 백호百戶를 두려 한다'는 것이었다.

"고려를 어찌 보고 이 따위 짓을 벌인다는 것입니까!"

급보를 읽은 최영이 격분했다. 고려의 영토인 철령에 명나라가 군사 단위 지역인 위衛를 설치하겠다는 것은 고려를 속국으로 삼겠다는 의도였다. 명나라가 보낸 병력에게 영토를 침범당한 고려군이 무력을 불사하는 날에는 전쟁이 벌어지는 것이고, 그것을 받아들이게 되면 과거 원나라에게 바쳤던 충忠의 항렬을 명나라에게 사용해야 되는 것이다. 어느 경우나 우왕에게는 사형선고나 다름없었다. 비로소 정신을 차린 우왕에게 현실은 너무나 가혹했다.

"더 이상 참을 수 없도다! 그동안 갖은 수모를 참으면서 명나라를 종주국으로 모시려 했던 것은 오직 평화를 위해서였는데, 이런 식으로 위협과 모멸을 당하고서야 어찌 인내할 수 있겠는가? 천하에 괘씸한 명나라를 주벌誅伐하여 나라의 체통을 세울 것이니 경들은 속히 준비하도록 하라!"

우왕의 열변에 그리 호응이 없었다. 가장 먼저 판삼사사 이색이 반대의사를 표명했다.

"전하께서 진노하시는 연유는 충분히 알고도 남음이 있사오나 그렇다고 해서 명나라와 전쟁을 벌이는 것은 매우 현명하지 못하나이다. 다시 사신을 보내어 명나라의 진의를 파악한 연후에 대책을 세우는 것이 가하리라 보옵니다."

"그렇사옵니다. 지금까지 참았는데 한 번 더 못 참겠사옵니까? 마음을 가라앉히시고 차분하게 논의하도록 하시오소서."

정몽주까지 반대하고 나서자 우왕의 분노가 극에 달했다. 이색과 정몽주를 죽일 듯 노려보던 우왕이 최영을 불렀다.

"경은 어떻게 생각하시오?"

"지렁이도 밟으면 꿈틀하는 법인데 이토록 업신여김을 당하고서야 어찌 참을 수 있겠사옵니까? 차제에 명나라를 쳐서 국위를 회복하고 전하의 위엄을 사해四海에 떨치셔야 할 것으로 보옵니다."

"시중의 뜻이 바로 과인의 뜻이오! 조정에는 왜 시중 같은 사람이 없다는 말입니까?"

"황공무지로소이다."

"이제 전쟁은 피할 수 없소! 앞으로 반대하는 자들은 모조리 참형에 처할 것이니 시중이 모든 것을 맡아 추진하기 바라겠소!"

"성은이 망극하여이다!"

우왕은 최영에게 전권을 부여하였으며 후속조치로 원나라에 사신을 보내도록 하였다. 각오를 다지는 의미에서 복제服制를 원나라의 것으로 환원시키고 호복과 변발을 권장하기까지 했다.

"장군의 역할이 가장 크오! 부디 대공大功을 세워 성은에 보답하기 바라겠소."

오랜만에 이성계를 초대한 최영이 큰 잔을 가득 채웠다.

"이번 기회에 고려 최강 동북면의 위용을 만방에 떨치시오!"

"공을 세울 기회를 주신 전하께 감읍할 따름입니다."

단숨에 비웠지만 술이 걸리는 것 같았다. 명나라와의 전쟁은 이제까지 벌어졌던 홍건적이나 왜구들의 전투와 본질적으로 달랐다. 북원과의 전쟁에서 승리를 경험했다지만 북원이 전면전으로 나오지 못했기 때문에 가능했을 뿐이었다. 비록 명나라가 오래도록 전쟁을 치러 힘이 달리는 상태라고 해도 고려가 이길 수 있는 상대가 아니었다. 전성기 시절의 고려라고 해도 버거운 상대인데, 몽골과의 전쟁 이래 하루도 편안한 날이 없어 피폐할 대로 피폐한 지금으로서는 이길 가망이 거의 없었다. 그런 상황에 동북면의 병력을 선봉으로 투입하겠다는 것은 가장 먼저 전몰戰歿하라는 것과 진배가 없었다.

"이번 전쟁의 목적은 작게는 고려의 위신을 회복하는 것이며 크게는 고구려의 고토故土를 수복하는 것이오! 백만 대군을 동원할 것이니 동북군이 선봉이 되어 고려의 기개를 떨치도록 하시오."

이성계가 하마터면 실소할 뻔했다. 탈탈 털어도 겨우 삼십만이 될까 말까 하는데 무슨 백만 대군이라는 말인가? 설혹 백만 대군이 있다고 해도 도성을 비롯한 각지의 경비와 병참 등에 필요한 병력을 빼고 나면 실제 전쟁에 투입할 수 있는 병력은 채 이십만이 되지 않을 것이다. 지금 고려의 상황을 감안하여 단순하게 계산해도 5만 이상을 차출하기 어려웠다. 이십만을 동원해도 승산이 있을까 말까 하는 판에 겨우 5만을 내보내는 것은 죽으라는 것이나 진배가 없다. 평생을 전쟁터에서 보내어 전쟁의 본질과 고려의 실제 전력을 너무나 잘 알고 있을 최영이 왜 그리도 무모한 주장을 하는 것인가? 참으로 이해할 수 없는 일이었다.

“그렇다면 출병 시기는 언제로 잡으셨습니까?”

“4월, 늦어도 5월에는 출발해야 할 것이오.”

“그때는 요동이 온통 진창으로 변해 있을 때가 아닙니까? 가을이 되어 추수를 마친 다음 요동의 땅이 굳기를 기다려 출병하는 것이 가하리라 봅니다.”

“그러면 명나라가 이미 알아채고 만반의 준비를 마쳤거나, 먼저 쳐들어올 공산이 크기 때문에 승리를 장담하기 어렵소. 비록 진창이 되어 행군에 곤란을 겪기는 하겠지만 오히려 그것을 역이용하려는 것이 이번 전쟁의 골자요. 장군이 선두에서 길을 열기만 하면 즉시 내가 진격하여 더러운 종자들을 휩쓸어버릴 것이니 요동을 손에 넣은 다음 축하주를 마시도록 하십시다.”

최영이 기운차게 건배했지만 이성계의 가슴은 싸늘하게 냉각되었다.

여달이 힘없는 걸음으로 돌아갔다. 구휼할 곡식을 얻기 위해 최영을 찾았다가 문전박대를 당한 탓이었다. 우왕에게 하사받은 상급과 최영이 내린 곡식은 예전에 떨어져버렸다. 최영은 돈이 될 일을 알선해 주어 크게 도움이 되었는데 올해 정권을 잡은 다음부터 만나기조차 어려웠다. 간혹 만나주어도 청지기에게 곡식을 내주라고 지시하거나 어디로 가보라고 말한 다음 문을 닫아버리기 일쑤였다. 높은 자리에 오른 다음부터 사람이 변한 것 같았다. 그래도 최영만큼 도와준 사람이 없었지만 지금은 못내 서운했다.

4월 12일, 서경(西京, 평양)은 병사들과 전마戰馬로 발 디딜 틈이 없었다. 전국에서 집결시킨 5만여 병력과 2만이 넘는 마필이 제대諸隊를 편성하기 시작했다. 적을 겁주기 위해 십만 대군이라 부풀린 원정군이 그날 직제를 받았다. 우왕은 최영을 팔도도통사八道都統使로 삼아 원정군을 총지휘하게 하고 조민수를 좌군도통사左軍都統使로 삼고 이성계를 우군도통사右軍都統使로 임명하였다. 그 외에 28명을 각급 원수로 삼아 전쟁에 나서게 했다. 직제를 부여하고 부대 편성에 들어간 다음 우왕이 원수 이상을 소집하여 연회를 베풀었다. 연회는 그리 흥이 나지 않았다. 이성계는 마치 자신의 장례식에 참석한 것 같은 느낌이었다. 그럭저럭 연회가 파하고 지휘관들이 각자의 진영으로 돌아간 다음 우왕이 최영을 따로 불렀다.

"시중은 과인을 보필하면 안 되겠소?"

"어인 말씀이시옵니까?"

"아무래도 시중이 곁에 있어야 안심이 될 것 같아서 하는 이야깁니다."

우왕은 자신이 안전하지 못하다고 믿었다. 최영이 원정군을 이끌고 떠나면 전국이 텅 비어버릴 지경인데, 이인임의 잔당들이 그때를 노릴 우려가 없지 않았다. 실제로 어디선가 그런 소문이 나돌자 우왕은 공포에 질려 어쩔 줄 몰랐다.

"전하의 경호와 도성의 경비에 만전을 기하였사옵니다. 특히 용맹하고 충성스러운 무사들을 배치하였사오니 아무런 심려를 마시오소서."

"부왕父王께서도 침전에서 돌아가시지 않았소? 그것도 부왕과 가장 가까운 자들이 살변殺變을 저질렀는데 어찌 안심할 수 있겠습니까?"

"전하……."

"시중이 있어야만 안심할 수 있겠소! 제발 과인의 곁에 있어 주시오!"

우왕은 막무가내였다. 제법 총명을 회복하는 것

갔더니 그예 나약해진 우왕을 바라보는 최영의 심정은 말할 수 없이 착잡했다. 그동안 겪은 것을 생각하면 전혀 이해가지 않는 것은 아니었지만 이번 원정은 반드시 최영이 참가해야만 했다. 고려군은 강력한 중앙통제로 묶인 정규군이라기보다는 사병들의 집단에 가까웠다. 조민수 휘하의 좌군은 서경과 양광도楊廣道, 경상도, 전라도 지역의 부대였으며, 이성계가 거느린 우군은 동북면과 안주도安州道와 강원도 등의 병력이었다. 제각각의 성향이 강한 장수들의 집단을 통제할 수 있는 인물로는 최영이 유일했다. 이성계와 조민수 등의 장수들을 최영이 휘어잡고 독전해야 전과를 거둘 수 있지 않은가. 전쟁을 주장했던 최영은 이번 원정을 책임지고 목숨을 걸겠다는 각오로 임하려 했다.

짐승들의 세계에서도 덩치가 작아도 다부지게 덤벼드는 놈에게는 함부로 대하지 못하는 법이다. 차제에 고려를 건드리면 어떻게 된다는 것을 단단히 각인시켜야 이후에 약간이라도 대등한 관계를 형성할 수 있지 않겠는가. 그리하여 전쟁을 주장하고 어려운 가운데서도 백성을 다그쳐 준비를 한 것인데, 최영이 참전하지 못하는 것은 이미 절반 이상 실패하고 들어가는 것이나 진배가 없었다. 그러나 우왕을 두고 갔다가 불상사가 발생할 우려도 적지 않았다. 요동으로 쳐들어가 한참 적과 싸우고 있는데 왕이 죽었다는 비보가 닿는 날에는 와르르 붕괴되어 죽어도 묻힐 자리마저 없게 될 것이 아닌가. 고통스런 선택을 강요당한 최영은 가슴이 생채로 뜯겨나가는 것 같았다.

4월 19일, 원정군이 압록강을 향해 출발했다. 사기가 땅에 떨어지다 못해 파묻힌 것 같았다. 이성계는 이렇게 사기가 떨어진 군대를 지휘한 적이 없었다. 군대가 아니라 망자亡者들의 집단을 이끌고 나가는 것 같았다. 최강으로 명성이 자자한 동북군마저도 터덜터덜 다리를 끌고 걸어가자 조전원수助戰元帥로 참전한 이원계가 걱정스럽게 말했다.

"사기가 이래 가지고서야 어떻게 싸우겠느냐?"

"너무 걱정 마십시오. 하늘이 무너져도 솟아날 구멍이 있다는 말이 있지 않습니까?"

"차라리 하늘이 무너지는 것이 낫겠다."

이원계가 크게 한숨을 쉬는데 이성계는 그리 걱정이 없는 듯했다.

출발하는 대열 가운데 최영이 보이지 않는 것을 확인한 무학이 싱긋 웃었다. 첫 단추가 제대로 끼워진 것이 분명했다.

“그동안 어떻게 지냈느냐?”

최영의 물음에 여달이 대답 대신 잔을 따랐다. 평양까지 찾아온 여달은 그동안 고생이 되었는지 얼굴이 홀쭉해지고 몸도 적지 않게 축났다. 한 잔을 마신 최영이 여달에게 잔을 권하며 위로했다.

“계속 너를 돌봐주고 싶었지만 자리가 자리인 만큼 여가를 내기가 어려웠다. 게다가 최근에는 전쟁 준비를 하느라 너에게 전혀 신경 쓰지 못했으니 얼마나 서운했겠느냐? 일부러 그런 것이 아니니까 네가 이해하여라.”

“아무렴 소인이 어르신을 탓하겠습니까? 이렇게 만나주신 것만 해도 분에 넘치는 호사입니다.”

“쓸데없이 말솜씨만 늘었구나.”

최영이 피곤이 물씬 배어나는 표정으로 잔을 비웠다. 잠을 푹 자본 것이 언제인지 가물거릴 지경이었다. 최영은 몇 달 사이에 십년 이상 늙어버린 것 같았다.

"이번 전쟁을 무사히 끝내면 네가 원하는 것을 이루어주마. 개경 인근의 비옥한 임야를 줄 테니 그것을 개간하여 구휼할 것을 장만하도록 하거라. 그냥 먹을 것만 주어서는 진정한 구휼이 되기 어렵지 않겠느냐? 일할 수 있는 자들은 일을 하게 하여 자립시키고, 운신하기 어려운 자들만 먹이고 돌보면 될 것이다."

"가, 감사하옵니다."

여달이 눈물을 흘리며 큰절을 올렸다. 최영이 자애스런 아버지처럼 여달의 등을 쓰다듬었다. 태어나서 처음으로 느끼는 따뜻한 부정父情에 여달이 몸을 떨었다. 죽는 한이 있더라도 최영을 배반하지 않겠다고 수없이 맹세했다.

"삼봉은 신수가 훤하십니다 그려."

무학이 들어오자 정도전이 반색을 했다.

"아이고, 대사님께서 여기까지 어인 일이십니까?"

"부사께서 부정을 저지르지 않는지 사찰하러 나왔습니다."

정도전이 업무를 파하고 무학을 대접했다. 얼핏

둘러봐도 정도전은 남양을 아주 잘 다스리고 있었다. 고려에서 가장 살기 좋은 곳이라고 해도 과언이 아닐 지경이었다. 역시 정도전의 능력은 대단했다.

"개경은 요즘 어떻습니까? 전쟁이 터진다고 해서 여기까지 뒤숭숭한데 자세한 사정을 알 수 없으니 답답하여 미칠 지경입니다."

무학이 상세히 들려주자 정도전의 안색이 심각하게 변했다.

"허허! 설마 이기지도 못할 전쟁을 시작할까 하였는데 그 늙은이가 기어코 일을 저지르고 말았습니다 그려. 그 바람에 수문하시중의 목숨이 경각에 달렸으니 이것을 어쩌면 좋습니까?"

"전쟁은 일어나지 않을 것이며 수문하시중도 죽지 않을 것이니 걱정하실 필요는 없습니다."

무학이 뭔가 소곤거리자 정도전이 크게 놀랐다.

"정말 그렇게 될 수 있겠습니까?"

"그렇게 되어야겠지요. 소승이 할 수 있는 일은 다했으니 진인사대천명盡人事待天命의 심정으로 기다릴 뿐입니다."

5월 22일, 비가 추적추적 내리는 위화도威化島에

집결한 고려군의 깃발이 초상의 만장輓章처럼 처량하게 늘어졌다. 임시로 가설한 막사에 틀어박힌 고려군은 사기와 예기銳氣라고는 전혀 찾아볼 수 없었다. 압록강의 중간에 있는 위화도에 닿은 것은 5월 7일이었는데, 그동안의 전과라고는 니성泥城 원수 홍인계洪仁桂와 강계 원수 이의李嶷가 압록강을 건너 약간의 명군을 살육하고 물자를 노획한 것이 전부였다. 그 후로 가면 갈수록 절망이 팽배했다. 견디다 못한 이성계와 조민수가 우왕에게 회군하게 해달라는 주청을 반복했으나 오히려 우왕은 환관 김완金完을 보내어 총공격을 재촉했다. 진퇴양난에 빠진 고려군은 며칠이나 비가 내리자 사기가 극도로 저하되었다. 그러는 와중에 놀라운 소문이 퍼졌다. 이성계가 동북군을 이끌고 철수할 준비에 들어갔다는 소문이 퍼지자 크게 놀란 조민수가 헐레벌떡 달려왔다.

"좌군도통사가 어쩐 일이십니까?"

"우군도통사가 회군한다는 말이 났기에 확인하러 온 것이오."

조민수의 말에 이성계가 쓰게 웃었다. 하기야 그런 소문이 퍼져도 이상할 것도 없었다. 며칠이나 계속된 비에 불어난 강물이 위험하게 넘실거렸다. 위화도는 섬이라기보다는 압록강 남쪽에서 북쪽을 향해 주먹처럼 돌출된 지형이었다. 비가 계속 내리면 남안南岸과 연결된 통로가 물에 잠길 판이었다. 당장 물귀신이 되지는 않겠지만 퇴로가 끊겼다는 위기감이 부를 충격은 상상을 초월할 것이 분명했다. 이성계와 조민수는 긴급회의를 소집할 필요가 있다는 데 의견을 함께 했다.

"여러 원수들을 소집한 것은 위급한 사태를 맞이하여 어떻게 해야 할 것인지 중지衆志를 모으기 위함입니다."

굳이 이성계가 덧붙이지 않아도 왜 소집했는지 잘 알고 있을 터였다.

"본인과 좌군도통사가 회군을 요청한 것은 잘 아시리라 믿습니다. 왜 회군을 해야 하는지는 굳이 따로 말할 필요는 없을 것으로 압니다. 그러나 결과는 매우 실망스러웠습니다."

특히 이성계는 회군할 이유로 네 가지를 조목조목 제시했다. '작은 나라가 큰 나라를 거스를 수 없고, 농번기인 여름에 군사를 동원할 수 없으며, 모든 군사가 싸우러 나간 틈을 타서 왜구가 침범할 우려가 큰 데다, 지금은 덥고 비가 오는 때라서 주력 무기인 활을 가공한 아교가 끈기를 잃어 활이 위력을 잃고 군사들이 병에 걸릴 것' 등등의 이유로 회군을 요청해도 묵살당하고 말았다. 회군은커녕 오히려 사람을 파견하여 진격을 독촉하는 바람에 불만이 극에 달한데다, 통로가 물에 잠길 지경에 이르자 더 이상 선택의 여지가 없었다.

"본인과 좌군도통사는 회군을 결정하려 하는데, 원수들의 의향을 듣고 싶으니 허심탄회하게 말해 보시오."

잠시 침묵이 넘실거리다가 누군가의 입에서 찬성한다는 말이 나오자마자 앞다투어 찬성이 빗발쳤다. 이성계와 조민수가 회군을 선언하려 하는데, 이원계가 앞으로 나섰다.

"두 분 도통사와 다른 원수들은 회군의 의미가 어떤 것인지 알고서도 이러십니까?"

회군은 바로 반역이었다. 원정군이 압록강의 남안을 밟는 순간 반역의 군대가 되어버릴 것이다. 누구도 감히 입에 올리지 못한 것을 이원계가 지적하고 나서자 다시 침묵이 넘실거렸다.

"형님! 나 한 목숨 살자고 이러는 것이 아니지 않습니까? 그리고 이것은 우군도통사인 제가 좌군도통사와 협의한 판단입니다!"

"나 역시 네 형이 아니라 조전원수로서 말하는 것이다! 우리에게 주어진 임무는 반역이 아니지 않느냐!"

이원계가 당장이라도 칼을 뽑을 것만 같았다. 그의 무서운 기세에 뭇 장수들이 압도되었다.

"솔직히 나도 살고 싶다! 그러나 반역자가 되고 싶지는 않다! 여기서 죽고 싶지 않거니와 역사에 반역자로 기록되고 싶지도 않으니 어떻게 해야 할지 모르겠구나!"

이원계가 절절하게 외쳤다. 이성계를 외면한 이원계가 다른 원수들에게 말했다.

"나도 자식처럼 기른 동북군을 보살펴야 한다는 핑계로 반역에 동참할 수밖에 없을 것 같소. 그런 주제에 무슨 자격이 있다고 이렇게 떠들었는지 그저 한심할 따름이오. 내 자신이 혐오스러워 견딜 수가 없소이다."

침중하게 말한 이원계가 이성계에게 명령을 청했다. 이성계가 회군을 명하자 이원계가 그대로 따랐다. 회군령回軍令이 떨어지자 꼼짝없이 죽는 줄로만 알았던 군사들이 눈물을 흘리며 기뻐 날뛰었다. 동북군의 전초前哨를 필두로 하여 5만여 고려군이 해일처럼 남안으로 달려간 그 날은 실질적인 고려왕조 최후의 날이었다.

우왕이 황급히 개경으로 돌아왔다. 성주成州의 온천에서 주색을 즐기던 우왕은 조전사漕轉使 최유경崔有慶이 달려와 전한 급보에 얼어버린 배추처럼 시퍼렇게 질렸다. 최영이 호위하여 개경으로 돌아왔는데, 호위 병력이 겨우 수십 기에 불과했다. 길목에 있는 고을들에게 결사방어를 명령했으나 벌써부터 탈영병이 줄을 잇는 판에 제대로 이행될 리가 만무했다. 연경궁으로 들어간 우왕이 공포에 질려 어쩔 줄 몰랐다.

"이일을 어쩌면 좋겠소?"

최영은 아무런 대답이 없었다. 모든 일을 망친 자는 바로 우왕이 아니던가. 역시 그때 베어버리거나 연금하고 새로운 왕을 추대했어야 했다고 뼈저리게 후회했다. 우왕과는 비교할 수 없이 똑똑하고 신중한 여달을 추대했다면 어찌 천추의 한을 남길 수 있겠는가. 그러나 후회는 아무리 빨라도 때를 놓치는 것이었다.

"그렇지! 도성에 잡아둔 인질들을 이용하면 어떻겠소?"

우왕이 좋은 계책이라도 떠오른 것처럼 말했다. 장수들이 제대로 싸우지 않거나 명령에 따르지 않을 것을 우려하여 그들의 가족을 붙들어 두었는데, 인질을 이용하여 상황을 타개하자는 우왕의 말에 다시 한숨이 났다. 상대방이 통제 가능할 때 인질의 효과가 있는 것이지, 지금처럼 이판사판으로 나오게 되면 전혀 효과가 없다. 잘못 인질을 해치기라도 했다가는 오히려 적개심을 끓게 만드는 역효과가 날 수 있기 때문에 차라리 풀어주는 것만 못했다. 그럼에도 불구하고 인질의 효용가치에 기대를 거는 우왕을 보노라니 웃음마저 날 지경이었다.

"하나라도 좋으니 싸울 수 있는 자들을 확보하라!"

최영의 명령에 부장들이 밖으로 나갔다. 한참만에야 돌아온 부장들이 겨우 수십 명을 데리고 왔는데, 그나마 국가 소유의 노비들이거나 이번 기회에 한몫 노리는 무뢰배들이었다. 그들을 편입해도 불과 오백에도 미치지 못하였으니 5만에 달하는 대군을 이끌고 올 이성계와 조민수를 당해낸다는 것은 꿈에서조차 불가능할 것 같았다. 그런데 백 명이 훨씬 넘어 보이는 장정들이 이쪽으로 달려오는 것이 보였다. 고양이 손이라도 빌릴 지경이라 너무나 반가웠다. 방어전에 적지 않은 도움이 될 것이 분명했다. 그러나 잠시 후 최영의 얼굴이 흉하게 일그러졌다.

"네놈이 여기는 웬일이냐?"

"어르신을 모시고 싸우다 죽겠습니다!"

활불과 자신을 추종하는 자들을 이끌고 온 여달이 결연하게 외쳤다. 비분강개하여 무기를 달라고 외치는 청년들을 바라보던 최영이 고개를 저었다.

"안 된다! 돌아가도록 해라!"

"그게 무슨 말씀이십니까? 저희들이 비록 목수라고 해도 나라와 임금을……."

"닥쳐라! 앞날이 창창한 젊은 놈들을 모두 죽일 셈이냐?"

최영이 크게 노했다.

"너희들에게 명령한다! 당장 개경을 떠나 살 길을 도모했다가 세상이 조용해지면 다시 너희들의 일에 전념하도록 해라. 활인이든 뭐든 목숨이 붙어야 할 수 있는 것이 아니더냐?"

"어르신!"

"더 이상 항거하면 군율로 다스리겠다!"

최영이 칼자루를 움켜잡았다. 여달은 눈물을 흘리며 돌아갈 수밖에 없었다.

황급히 입궐한 관료들도 폭풍 직전의 긴박함에 질식할 것 같았다. 이성계와 조민수가 회군한 것은 공민왕이 시해 당했을 때보다 훨씬 긴박한 사태였다. 이색과 정몽주를 위시한 자들이 무덤 속에 들어온 것처럼 침통한 데 비해 조준과 남은을 위시한 자들은 말만 하지 않았지 매우 환영하는 분위기였다. 누군가가 '자업자득'이라고 중얼거리자 이색이 탁자를 치며 꾸짖었다.

"자업자득이라니, 그게 무슨 망발이라는 말인가!"

"그럼 자업자득이 아니면 무엇이랍니까?"

조준이 바로 받아쳤다.

"이인임 일파를 제거했을 때 전하께서는 무신武臣들을 배제하고 관료를 등용해야 했습니다! 이번에도 전쟁을 주장하실 것이 아니라 한 번 더 참은 다음 역량 있는 관료들을 파견하여 시간을 벌면서 외교적으로 해결했어야 마땅하지 않습니까? 최영이 무엇 때문에 전하의 뜻에 찬동하고 무수한 장병들을 죽음으로 내몰았겠습니까! 자신이 계속 정권을 잡고 우리 관료들에게 기회를 주지 않기 위함이었는데, 문관文官을 등용하여 안정을 추구하지 않고 오히려 군사軍事를 일으켰다가 회군을 당했으니, 어찌 자업자득이 아니겠습니까?"

"입 다물지 못하겠느냐! 죽음으로 임금을 보필해야 할 관리가 그게 입에 담을 말이란 말이냐?"

"여기 있는 우리 모두는 명나라와 충돌하는 것을 극력으로 반대했습니다! 그것은 우리들이 기득권을 누리려는 이기적인 목적이 아니라 그렇게 해야 나라가 평안하고 백성이 도탄에서 벗어날 수 있기 때문이었습지요. 그러나 전하께서는 그리 하지 않으셨습니다. 한족漢族으로 중원을 통일한 정통성이 있는데다 유학의 종주국인 명나라를 섬기며 관료들을 등용하여 나라를 경영하는 것이 지극히 당연하지 않습니까? 그럼에도 불구하고 오히려 무신들을 충동질하여 대국大國을 정벌하겠다고 나섰으니 어찌 후환이 없겠습니까!"

"좋소, 그렇다고 칩시다."

정몽주가 나섰다.

"경위야 어쨌든 이성계와 조민수의 행위는 분명히 반역에 해당하는 것이오. 여기 계신 분들 가운데 반역에 찬성하는 분이 있다면 말리지 않을 테니 조정을 떠나 반란군의 진영으로 가십시오. 거기로 가셔서 고담준론高談峻論을 펼치기 바라겠습니다."

정몽주의 발언에 화산 속처럼 들끓던 분위기가 일시에 싸늘해졌다. 여기서도 목숨을 건 승부가 벌어지고 있었다.

"어서 나가야 할 것입니다."

차남 이방의가 급히 서둘렀다. 인질로 잡혀 있던 이성계의 가족들이 두려운 낯으로 빠져나오기 시작했다. 한씨는 다리가 떨려 셋째와 이방간과 이방원이 부축했는데, 강씨는 아들 형제를 데리고 태연하게 나갔다. 그런데 어쩐 일인지 이방우가 움직일 생각을 하지 않았다. 애가 탄 형제들이 재촉해도 이방우는 일어나지 않았다.

"비록 음서를 통했다고 해도 나는 고려의 관리다! 여기에서 나가도 좋다는 명을 받기 전에는 죽으면 죽었지 나갈 수 없다!"

이방우의 음성에는 무서운 분노가 응축되어 있었다. 진중하고 말이 없던 그를 분노하게 한 것은 반역을 일으킨 자의 장남이라는 사실이었다. 강씨가 저지른 차마 입에 담기조차 두려운 짓을 목격한 것만 해도 기가 막힐 지경이었는데, 아비가 반역을 하여 나라를 뒤엎으려 하고 있으니 미치지 않는 것이 신기할 지경이었다.

"어미가 죽는 꼴을 보고 싶으냐?"

한씨가 애걸복걸하자 이방우가 크게 탄식하고 일어났다. 그것을 본 강씨는 매우 실망하는 눈치였다.

잠시 후 이성계의 가족이 연금된 곳을 빠져나갔다. 지키는 자도 없었고 어디 가느냐고 묻는 자도 없었다. 성문을 빠져나가는 것도 그리 어렵지 않았다. 오히려 수문장이 이성계에게 잘 말씀드려 달라고 인사할 지경이었다.

6월 3일, 개경이 빤히 바라보이는 곳까지 진출한 이성계와 조민수가 회의에 들어갔다.

"그동안 참을 만큼 참았소."

조민수의 말에 이성계가 동의를 표시했다. 애초부터 타협의 여지가 없었다. 회군 측은 최영에게 책임을 물어 처벌을 요구했지만 우왕은 반대로 토벌을 명령하고 이성계와 조민수를 유인하여 죽이려는 술수까지 부렸다. 이도저도 통하지 않자 마침내 역적으로 규정하여 회군의 수뇌부를 죽이는 자는 크게 포상하겠다는 포고를 내리기에 이르렀다. 그것은 마지막 수단을 동원할 수밖에 없다는 결론을 내기에 충분한 명분이 되었다. 이성계의 우군은 개경의 동문인 숭인문崇仁門으로 향했고 조민수의 좌군은 서문인 오정문五正門으로 갔다. 가급적 빨리 상황을 안정시키기 위해서는 당연한 조치였지만 지금까지는 함께 했다가 정반대의 방향으로 갈라지는 모습에서 앞날이 예견되는 것 같았다. 숭인문 앞에 당도한 이성계가 선봉장으로 내정된 곽충보郭忠輔를 불렀다.

"이길 수 있을 만큼 싸우되 좌군에게 뒤지지 않도록 해라."

이성계가 주의를 주었다. 어차피 상대가 되지 않는 싸움이겠지만 일단 피를 보게 되면 눈이 뒤집히게 마련이었다. 장수에서 말단 졸병들까지 이번 기회에 공을 세워 팔자를 고치겠다고 다짐을 하는 판에 이성을 잃고 진격하는 날에는 일대 살육이 벌어질 것은 명약관화明若觀火였다. 그런 와중에서 백성들이 크게 다치는 날에는 민심을 잃게 되어 혁명이 실패로 돌아갈 우려가 있다는 것은 굳이 무학의 가르침이 아니어도 충분히 인지할 수 있었다.

"최영이다! 최영이 나왔다!"

군졸들이 놀라 외쳤다. 삼백 정도의 중기병이 최영의 깃발을 나부끼며 도전했다. 최영이 자랑하는 중기병이 이성계의 본진을 목표로 하여 똑바로 쇄도했다. 최영은 보이지 않았지만 그가 심혈을 다해 기른 중기병의 기세는 무서웠다. 곽충보의 선봉부대가 앞을 막아섰다가 그대로 으깨졌다. 이성계의 배다른 동생 이화李和가 달려들었으나 역시 패퇴하고 말았다. 비록 수효는 적었어도 천하무적을 자랑하는 중기병이 결사의 각오로 덤벼들자 당할 자가 없었다. 마침내 이성계가 직접 나섰다. 강궁에 화살촉이 주먹만 한 향전響箭을 재어 빛살처럼 연사했다. 돌진하는 중기병의 가슴에 향전이 적중하자 큰 망치로 때린 것처럼 엄청난 충격을 받았다. 순식간에 열 명의 중기병이 피를 뿜으며 말에서 떨어졌다. 따라오던 동료들이 뒤엉켜 쓰러지는 바람에 한바탕 혼란이 일었지만 고려 최강의 용사들은 빠르게 대오를 정비하고 다시 진격했다. 그러나 그때는 이성계 부대도 대비를 마친 다음이었다. 중기병의 진행 방향에 마름쇠를 살포하고 반마삭絆馬索을 깔아 발을 묶은 다음 갈고리창으로 걸어 떨어뜨렸다. 말에서 떨어진 중기병에게는 도끼와 철퇴가 푸짐하게 퍼부어졌다.

"돌아와라! 돌아오란 말이다! 돌아오지 못하겠거든 차라리 항복하여 목숨을 구하란 말이다!"

최영이 애타게 외쳤다. 그러나 중기병은 한 사람도 항복하지 않고 깨끗이 산화했다. 고려의 마지막 불꽃은 짧고 강렬했다.

서전緖戰의 승리를 놓치지 않고 이성계가 총공격을 명령했다. 동북군을 선두로 하여 산악이 무너질 것 같은 함성을 지르며 돌격했다. 기가 질린 수비병들이 싸우지도 않고 달아나버렸다. 숭인문을 열어준 백성들이 환성을 지르며 회군부대를 환영했다. 오정문 쪽에서도 함성이 치솟았다. 가장 먼저 입성한 이성계는 참으로 감개가 무량했다. 생각하면 할수록 무학이 정말 대단하다는 생각이 들었다.

"가자!"

이성계가 황룡대기黃龍大旗를 펄럭이며 진격했다. 선죽교善竹橋를 거쳐 남산에 올라 궁궐을 조망했다. 조민수가 흑룡기黑龍兵를 나부끼며 궁궐로 향하는 것이 보였다. 이번에야말로 기회를 놓칠 수 없었다. 최정예 수백을 차출하여 궁성을 강습했다. 담을 뛰어넘은 이성계의 최정예가 충정을 다하려는 소수의 위사衛士들을 간단하게 제압했다. 피를 본 장병들이 미쳐 날뛰기 시작했다. 야수의 무리로 돌변한 병사들이 내관과 궁녀들을 닥치는 대로 찔러 죽였다. 뒤늦게 당도한 조민수 부대가 한층 더했다. 심지어는 이성계와 조민수 부대가 충돌하기까지 했다. 고려의 궁성은 아비규환의 지옥으로 전락하고 말았다.

"어, 어쩌면 좋겠소?"

팔각전八角殿에 있던 우왕이 시퍼렇게 질려 덜덜 떨었다. 최영은 왕비가 된 자신의 딸을 측은하게 바라보았다. 자신을 포함하여 여기 있는 사람들의 운명은 이미 결정적이었다. 해일 같은 회한이 밀려들었다. 잠시 후 대문을 부수고 들이닥친 폭병暴兵들과 최영의 호위무사가 격돌했다. 하나같이 무예가 고강한 무사들이었으나 워낙 중과부적이었다. 마지막 무사가 전신에 창을 맞고 쓰러진 다음 숨 막히는 침묵이 감돌았다. 온몸을 피로 칠갑한 곽충보가 몇 명의 수하를 데리고 들어와 우왕에게 부복한 다음 최영을 연행했다. 밖에서 기다리던 이성계가 사로잡힌 최영을 발견했다.

"이게 무슨 짓인가?"

최영의 눈에서 횃불이 이글거리는 것 같았다. 이성계는 하마터면 자신도 모르게 군례를 드릴 뻔했다. 누구도 최영의 눈길을 받아내지 못했다. 한동안 무서운 눈빛을 뿜어내던 최영이 크게 탄식했다. 최영이 끌려 나가자 비로소 큰 고비를 넘긴 것 같았다. 이성계가 냉수를 벌컥벌컥 들이켜고는 깊은 숨을 내쉬었다. 그들은 이제 반역한 부대가 아니라 혁명군革命軍이었다.

완전무장한 갑사들이 빈틈없이 지키고 있는 이성계의 자택은 궁궐과도 비교할 수없는 비중을 풍겼다. 남양에서 올라온 정도전이 이성계의 자택으로 들어섰다. 이성계와 무학이 반색했다.

"오오! 이게 꿈입니까, 생시입니까?"

정도전이 감개무량하게 말했다. 이성계도 환하게 웃었다.

"내가 한 게 뭐 있겠소? 전부 대사님께서 꾸민 일

이 아닙니까?"

이인임의 잔당들이 우왕을 노리고 있다는 소문을 퍼뜨려 무학이 최영을 우왕 옆에 묶어둔 다음, 위화도에서 먼저 철수할 것처럼 하여 회군의 실마리를 풀라던 무학의 계책은 완벽하게 성공했다. 제갈공명諸葛孔明의 신산神算을 보는 것만 같았다.

"늘 그렇지만 앞으로가 문제입니다. 지금은 겨우 문고리를 잡은 것에 지나지 않으니 매사 신중하지 않으면 천추의 한을 남길 우려가 큽니다."

"대사님께서 이끌어주십시오. 이끄시는 대로 따르겠습니다."

정도전이 솔직히 말했다. 그런데 무학이 웃으며 고개를 저었다.

"앞으로는 삼봉 같은 분들이 나서야 합니다. 본래 나라는 관료들이 이끌어야 하는 법이 아닙니까?"

"어찌 제가 대사님에게 비기리까?"

"지금까지 소승이 약간의 성과를 거두었다고는 하지만 운신이 자유로웠기 때문에 가능했던 것입니다. 중이라서 마음대로 돌아다닐 수 있는데다 벼슬에 연연할 필요가 없었으니 행동에 제약을 받을 이유가 없지 않겠습니까? 하지만 이제는 드러내고 도모할 수 있는 시기가 되었습니다. 각자의 실력을 마음껏 발휘할 수 있는 싸움에서는 저 같은 중은 그리 소용이 되지 못합니다. 삼봉이 뜻을 같이 하는 인재들을 규합하여 승부를 내도록 하십시오. 그쪽 사람이나 이쪽 사람이나 중을 그리 좋아하지 않으니 괜히 제가 끼어들어 분란을 만들 필요도 없지 않겠습니까?"

말을 마친 무학이 조용히 일어났다. 앞으로는 전면에 나서지 않겠다고 하였으나 지금처럼 일일이 계책을 꾸미고 실행시키는 것에서 벗어나 큰 맥을 짚어주고 이성계를 전력으로 보필하겠다는 뜻이었다. 이성계는 든든하기 이를 데 없었다.

조민수의 자택에서 큰 잔치가 벌어졌다. 이색과 정몽주를 위시하여 권근, 이숭인, 변안렬 등등의 면면이 보였다. 조민수는 아주 기쁜 표정이었다. 우왕을 폐한 다음 아홉 살 먹은 외아들 창昌이 즉위하였는데, 이성계가 우왕과는 관계가 먼 왕족을 민 반면 조민수는 창을 밀었다. 새로운 왕의 추대를 통해 양측의 힘겨루기가 벌어진 셈이었다. 이때 왕실에서 가장 서열이 높은 공민왕의 셋째 왕비 한씨가 세자 창을 세우라는 교지敎旨를 내림에 따라 창이 즉위하였으며, 조민수는 그것을 큰 승리로 받아들였다. 그에 따라 뜻을 함께하는 관료들을 초청하여 크게 한 턱 내게 된 것인데, 조민수 외에는 그리 기뻐하는 사람이 없었다. 비록 무능하고 회군의 빌미를 제공하기는 했지만 여하튼 왕은 왕이었다. 그동안 모시던 우왕을 몰아내고 술을 마시는 것은 그리 잘하는 짓이 아니었다.

– 비루한 놈 같으니.

정몽주가 차갑게 냉소했다. 그가 보기에 조민수는 이성계의 발끝에도 미치지 못하는 칼잡이에 지나지 않았다. 이번 회군을 실질적으로 주동하고 성공시킨 사람이 이성계라는 것은 삼척동자도 아는 형편이었다. 우연히 그 자리에 있다 보니 생각지도 못한 행운을 얻게 되었을 따름인데, 조민수는 자신을 몰라도 너무나 몰랐다. 이색과 정몽주가 조민수를 택한 것은 이성계의 반대편에 설 수밖에 없는 입장인데다, 다루기가 만만했기 때문이었다. 이번의 즉위도 이색이 주도했으며 앞으로도 그렇게 될 것인데, 그것을 자신의 공으로 알고 크게 한 턱 내면서 성공을 의심하지 않는 조민수를 보노라니 측은하기까지 했다.

"일단 몇 걸음 앞선 셈이 아니겠습니까?"

권근이 잔을 권하며 말했다.

"반드시 그렇지는 않을 것이네."

"어째서 그렇습니까?"

"앞으로 두고 보면 알게 될 테지."

이성계를 미는 정도전과 조준 등은 고려를 폐기처분하고 새로운 왕조를 출범시키는 것을 전제로 하고 있음이 분명했다. 원하는 때가 되면 왕이 정통성이 있든 없든 개의치 않고 폐위시킬 것이 분명한 만큼, 지금 창왕을 세웠다고 해서 좋아할 필요는 없었다. 상대방의 의도를 뒤집을 결정적인 것이 있어야 했는데 지금으로서는 전혀 재료가 없었다. 이럴 때 마시는 술은 사약처럼 쓰기만 했다. 한동안 가만히 생각하던 정몽주가 입을 열었다.

"지금으로서는 그 방법 밖에는 없을 것 같습니다."

정몽주의 말에 이색이 고개를 끄덕였다.

"무엇이! 전하를 친조親朝시키겠다는 것인가?"

조준이 가져온 소식에 이성계와 정도전이 크게 놀랐다.

"전하가 명나라의 황제에게 친조하면 정식의 제후국으로 승인을 받는 것이기 때문에 나중에 손쓰기가 어렵게 됩니다. 황제가 승인한 왕을 폐위할 수는 없지 않겠습니까?”

“그렇지만 무리일 것 같소. 아홉 살밖에 되지 않는 전하가 그 먼 길을 간다는 것도 그렇지만, 그 이전에 명나라의 황제가 친조를 허락할지도 모르지 않소?”

이성계의 말이 끝나자마자 정도전이 입을 열었다.

“먼저 사신을 보내는 것이 순서겠지요. 황제가 사신들에게 친조를 허락한다는 구전口傳을 내린 자체가 승인하는 것이기 때문에 차후의 행동이 크게 제약당할 우려도 있을 것 같습니다.”

“어떻게든 막아야 할 것입니다.”

조준의 말에 정도전이 반대했다.

“그쪽이나 우리나 같은 관료들로서 명나라를 종주국으로 섬겨야 한다고 줄기차게 주장한 마당에 사신의 파견을 무슨 명분으로 막는다는 말입니까? 만일 우리가 막는다면 조민수와 이색에게 공격할 빌미를 주게 될 것입니다.”

“그렇다면 어떻게 해야 하겠소?”

처음 맞는 위기에 이성계도 매우 난감했다. 이건 직접 부딪쳐 피를 보는 전쟁과는 아예 차원이 달랐다. 정도전이 단호하게 말했다.

"제가 보기에는 명나라가 창왕을 선택할 가능성은 거의 없습니다. 지난번에 계속 강하게 밀어붙이다가 우리가 극단적인 선택을 하게 된 이후 명나라도 크게 놀랐으니 우리를 자극할 수 있는 정책은 피할 것이 분명합니다."

"그러면?"

"명나라는 앞으로의 진전을 살핀 다음 가장 강하다고 판단되는 자들과 손을 잡을 것입니다. 사신을 보냈다가 승인을 받지 못하게 된다면 우리를 승인하는 것이라고 받아들일 수도 있지 않겠습니까? 사신을 보내는 것을 막아서도 안 되겠지만, 우리를 위해서도 굳이 막을 필요는 없을 것 같습니다."

"옳은 의견이오. 그런데 친조를 생각한 자가 누구일 것 같소?"

"겉으로 보기에는 목은牧隱일 것 같으나 포은이 아니고서는 그럴 만한 사람이 없습니다. 이렇게 된 이상 한 번 해보는 수밖에요."

"형님, 도대체 왜 그러십니까?"

이방원이 이방우를 어이없게 바라보았다.

"제발 그러지 마십시오. 남들이 보면 뭐라고 하겠

습니까?"

이방원이 평소 어렵게 생각하던 이방우에게 타이르듯 말하게 된 것은 이방우가 이성계에게 이번 사행使行에 자신도 보내달라고 강하게 요청했기 때문이었다. 이색이 정사로 가는 사행의 목적이 창왕의 친조에 있으며, 그것의 진의眞意가 무엇이라는 것을 모르는 자가 없었다. 그런데도 이성계의 장남이 자진하여 이색을 따라간다는 게 말이나 되는 것인가? 이방원은 그저 기가 막힐 뿐이었다.

"나는 고려의 신하다! 고려의 신하가 전하를 위해면 사행에 나서는 것은 다시없을 광영이 아니더냐? 그런 불충한 말을 한 번만 더 입에 담았다가는 그냥 두지 않을 터이다!"

한 마디 한 마디 씹어뱉듯 외치는 이방우의 눈에서 무서운 광기가 번들거렸다.

알게 된 비밀

충주忠州의 여름은 유난히 뜨거웠다. 안개가 끼면 찜통처럼 무더웠고 습기가 없는 날은 살을 태우는 것 같았다. 최영은 초옥草屋의 마루에 미동도 하지 않고 정좌했다. 이미 일흔셋의 노구老軀였지만 고려 제일의 장군이라는 자부심은 조금도 무너지지 않았다. 온통 검게 탄 여달이 구수한 냄새가 풍기는 그릇을 받쳐 들고 왔다. 개울에 나가 잡은 물고기로 어죽을 끓여온 것이었다. 유배지까지 따라온 여달은 최영의 수발을 들며 이야기 상대가 되어주었는데, 이제는 지키는 자들도 그리 경계하지 않았다. 오히려 친분이 있는 자들도 관계를 끊어버리는 세상에 보기 드문 의리라고 칭찬이 자자했다.

"가만히 있어도 더운 날에 무엇 하러 사서 고생을 한다는 말이냐?"

최영이 혀를 찼다.

"어쨌든 수고스럽게 잡아 끓인 것이니 함께 먹도

록 하자꾸나.”

“미천한 놈이 어찌 감히 어르신과 겸상을 할 수 있겠습니까?”

“그렇다면 앞으로 네가 차린 것은 먹지 않을 테다.”

잠시 후 두 사람이 마주 앉아 어죽을 비웠다. 우물에 담가두어 시원한 머루주도 마시니 유배도 할 만하다는 생각까지 들 정도였다. 여달이 그릇을 치우고는 뭔가 뚝딱거리기 시작했다. 잠시 후 여달이 새로운 목침을 가져와 바쳤다. 최영의 가슴에서 뜨거운 것이 울컥 치받았다.

“어이구, 간밤에 잘 주무셨는가?”

정몽주를 만난 정도전이 앞을 가로막고 유난히 반가운 척을 했다. 주변의 관료들이 흥미 있는 시선으로 바라보았다.

“비켜 주게나. 오늘 처결해야 할 일이 적지 않다네.”

“아암, 바쁘신 분이 어련하시겠는가.”

정도전이 슬쩍 비켜주며 느물거렸다.

“대국의 황제께서는 과연 혜안이 있으시단 말일세. 그렇지 않은가?”

정몽주가 대꾸도 하지 않고 휙 지나가 버렸다. 정도전이 저렇게 느물거리는 것은 사행이 실패했기 때문이었다. 주원장은 창왕의 친조를 허락하지 않았으며, 나중에 다시 논하자는 약간의 언질조차 주지 않았다. 이색이 앞장섰던 승부수가 실패로 돌아간 것은 조민수 일파에게 큰 타격이었다. 앞으로 이색이 실각하면 조민수도 위축될 게 뻔했다. 비록 조민수가 정치적인 비중이 한참 떨어졌더라도 이색을 등에 업고 창왕을 옹립하여 그럭저럭 균형을 유지했는데, 균형이 이성계에게 쏠리게 되면 관망하던 관료들이 그쪽으로 줄을 서게 될 것이다. 그것이 추가된 무게로 기능하여 더욱 균형이 쏠리게 되면 돌이킬 수 없는 상황을 부르게 될 우려가 컸다.

– 완전히 끝난 것은 아니지.

이성계 일파의 본질적인 문제점은 나라를 일거에 뒤집을 능력이 없다는 것이었다. 민심을 얻느니 순리적으로 나가야 하느니 어쩌고저쩌고 떠들어 대지만 그것은 결국 역량이 미흡하다는 것으로 귀결될 수밖에 없었다. 병권兵權을 장악하고 방방곡곡까지 제어할 수 있는 행정력을 보유했다면 미쳤다고 민심과 순리를 따지겠는가. 그런 것은 일단 고려를 뒤엎은 다음에 따져도 늦지 않았다. 그리하여 먹고살게 해주면 민심은 자연히 얻을 수 있는 것이며 그게 바로 순리가 되는 것이 아닌가. 그러나 그게 되지 않기 때문에 신중하게 행보할 수밖에 없는 것이다. 가용한 모든 변수를 감안한 정몽주의 계산에 의하면 적어도 2년 이상의 여유를 가질 수 있었다. 그동안 분명히 한 번 쯤은 결정적인 기회를 맞을 것이라고 확신했다.

정도전이 정몽주의 뒤통수를 노려보았다. 정몽주가 기획한 이번의 사행이 실패할 것이라고 예견했지만 확률은 반반이었다. 주원장이 그렇게 판단할 것이라고 추정한 것은 어디까지나 추정일 뿐이었다. 대군을 출병시켜 크게 놀라게 만들었던 고려를 흔들어 놓기 위해 창왕의 친조를 허락하거나 긍정적인 답변을 내릴 가능성도 결코 적지 않았다. 그럴 경우에는 조민수와 이색 일파를 몰살시킨 다음 창왕을 폐하고 다시 사신을 보내어 속국에 가까운 굴욕적인 조건으로라도 승인을 받을 심산이었는데, 다행히 예상이 맞아 떨어졌다. 위험도가 컸던 만큼 성과도 적지 않았다.

조민수 일파가 던진 회심의 일격이 오히려 실각의 위험을 부르는 자충수가 되었으니 이성계 일파로서는 손 안대고 코 푼 격이었다. 이번 일을 계기로 하여 관망하던 자들이 대세를 판단하게 될 것이니 앞으로 조민수를 제거하고 창왕을 폐하는 일련의 과정은 어렵지 않게 진행될 수 있을 것 같았다. 그러나 큰 걸림돌이 있었다. 그것은 바로 정몽주였다. 정몽주는 학식과 두뇌뿐 아니라 재수와 운에 있어서도 따를 자가 없었다. 공민왕 말기에 명나라에 다녀오다가 풍랑을 만나 대부분의 일행이 죽었는데도 13일이나 홀로 바다를 표류하다가 기적적으로 생환한 이야기는 지금도 전설로 회자되고 있었다. 그뿐 아니라 우왕 초기에 왜구들이 극성을 부리자 일본으로 건너가 일본 조정과 담판을 지은 것도 유명한 일화였다. 이인임 등의 권신들이 껄끄러운 정몽주를 제거하기 위한 모략이었는데, 비록 형식적이나마 외교적 성과를 거둔 데다 포로로 잡혀갔던 수백 명의 백성들까지 데리고 돌아왔으니 뭐라고 할 말이 없을 지경이었다.

이후에도 하는 일마다 예상을 초월하는 실적을 거두었으며, 특히 명나라와의 외교에 뛰어난 수완을 발휘했다. 공민왕 당시 명나라가 고려를 우호적으로 대하게 된 것은 정몽주의 공이라고 해도 결코 과언이 아니었다. 이번의 사행도 정몽주가 가지 않았기 때문에 실패했다고 보아야 했다. 요동 출병에 따른 책임을 추궁당하는 등의 불상사가 있을 것을 우려하여 이색이 갔지만, 그렇지 않았다면 정도전으로서도 결과를 예측하기 어려웠을 것이다. 상대를 찾을 수 없을 정도로 뛰어난데다, 실력 이외의 무엇이 따르는 정몽주는 정말 두려운 상대였다.

어떻게든 죽이고 봐야 할 정몽주가 살아 있을 수 있는 것은 어이없게도 이성계 덕택이었다. 이성계는 정몽주의 학식과 인품, 재능을 깊이 존경하여 가까이 두고 싶어 했다. 이성계는 정몽주를 얻으면 고려를 얻는 것이나 진배가 없는 만큼, 그를 끌어들이면 자연스럽게 나라를 교체하는 큰 도움이 될 것이라고 주장했다. 할 수만 있다면 삼고초려三顧草廬까지 불사할 정도였는데, 정도전은 그저 웃음만 날 뿐이었다. 독을 바른 칼을 품고 있는 적을 가까이 두었다가 얻을 것은 죽음과 파멸밖에 없다는 것을 어찌 모른다는 말인가? 그런 것도 모르고 정몽주에게 정신이 빠져 있으니 정치인으로서의 이성계는 너무나 실망스러웠다. 함께 죽지 않으려면 특단의 대책을 마련할 수밖에 없었다.

11월, 충주의 유배지에 무학이 나타났다.

"오랜만에 뵈옵습니다."

무학이 합장하자 최영이 웃으며 맞았다.

"그런데 여달이가 보이지 않습니다."

"삼을 캐러 심마니들을 따라 갔다네. 아마 이틀이나 지나야 돌아올 것 같으이."

"허어, 이 추운 날에 말입니까?"

"엄하게 말렸는데도 막무가내야. 내가 살면 얼마나 산다고 그러는지 원."

최영이 대견한 아들을 생각하는 것처럼 흐뭇하게 웃었다. 잠시 후 무학이 세상 돌아가는 이야기를 했다. 조민수가 부정을 저질렀다는 등의 탄핵을 당해 물러났고, 이색도 실각하여 고향으로 내려간 것 등을 요약하여 말해 주었다.

"그렇다면 내 목숨도 끝이로군. 누가 되어도 권력을 잡게 되면 나를 그냥 두지 않을 테니까."

"너무 서운하게 생각하지 마십시오. 소승보다 조금 앞서 가시는 것뿐 아니겠습니까? 장군은 정말 후회 없는 삶을 사신 분입니다."

"늙으면 늙을수록 죽고 싶지 않은 법일세. 이럴 줄 알았으면 대사의 목을 가장 먼저 잘라 버렸을 텐데 말이야. 설마 대사가 모든 것을 꾸몄을 줄이야 어떻게 알았겠나?"

최영과 무학이 함께 웃었다.

"결과론이지만 장군께서 전쟁을 원하지 않았다면 이런 악연을 맺지는 않았을 것입니다. 장군께는 대단히 죄송스러우나 백성을 위해서는 어쩔 수 없었습니다."

"왜 자꾸 안 된다고만 생각하는 것인가?"

"남들은 다 안 된다고 하는데 장군만 된다고 하시는 이유는 무엇입니까? 전쟁은 보급이 우선인데, 요동까지 어떻게 군량과 무기를 추진할 수 있다는 겁니까?"

"적의 것을 먹고 싸우면 되지 않겠나? 지금까지 이 땅을 침공했던 적들은 전부 다 그렇게 했다네. 어차피 벌어질 전쟁이라면 선수를 쳐서 적의 땅에서 싸우고 적의 것을 빼앗아 먹어야 할 텐데, 항상 당해 왔고 막기에 급급하다 보니 생각이 그렇게 굳어버린 탓이지."

최영이 막무가내로 전쟁을 일으킨 것은 아니었다.

정탐을 파견하여 명나라의 주력은 북쪽으로 빠지고 요동의 병력까지 차출해 간 것 이상까지 파악한 상태였다.

"오죽 했으면 여진족들을 데리고 와 각지의 성을 지키게 했겠는가? 기껏 약탈이나 할 줄 아는 여진족들이 성을 지키는 정규전을 수행할 수도 없겠지만 자기들 것도 아닌 성을 목숨 걸고 지킬 리가 만무할 테지. 일단 요동으로 진격하여 성을 몇 군데 함락시킨 다음 먹을 것과 재물을 나누자고 꼬이면 얼씨구나 하고 반란을 일으켜 주겠지. 그러면 굳이 본토에서 보급을 하지 않아도 먹을 것은 해결되는 셈이 아닌가? 그리고 점령한 지역의 무기고를 털면 아쉬운 대로 사용할 수 있었을 테지."

"그건 너무 낙관적인 생각입니다. 요동을 점령한다고 해도 명나라의 반격을 어떻게 당하시겠습니까? 명나라가 전력으로 반격하면……."

"당시 명나라는 북쪽에 전력을 기울이고 있는 상태인데다 전황이 아주 좋지 못했다네. 그 틈을 타서 우리가 쳐들어갔는데 북쪽에서 적지 않은 패배를 당했다고 가정해 보게나. 우리가 요동을 점령하고 곧바로 요서로 진출할 움직임이 보이면 당황한 나머지

걷잡을 수 없이 무너질 공산이 결코 적지 않았다네. 정말 천년에 한 번 올까말까 한 기회였어. 나는 그렇게 확신했네만, 하기야 지금 말해봐야 무엇하겠는가."

무학이 웃으며 염주를 굴렸다. 부정인지 긍정인지 알 수 없는 태도였다.

"어차피 나는 죽을 테니까 여달이를 부탁하네. 그래도 고려의 왕자가 아닌가? 제발 고려의 왕자를 살려주게나."

"이럴 줄 알았으면 차라리 비밀을 모르는 것이……."

갑자기 밖에서 뭔가 떨어지는 소리가 났다. 크게 놀란 최영이 문을 박차자 여달이 발치에 망태를 떨어뜨리고 멍하게 서 있었다.

"일찍 돌아왔구나. 추운데 어서 들어오도록 해라."

최영이 짐짓 웃으며 여달을 방으로 이끌었다. 여달은 무학을 보고도 인사를 하지 못했다. 한동안 멍하게 앉아 있던 여달이 겨우 입을 열었다.

"지금 하신 말씀은 무엇이십니까? 소인이 고려의 왕자라는 것은 무슨 말씀이며 비밀은 또 무엇입니까?”

“쉿! 말씀을 낮추십시오. 군사들이 들었다가는 큰 일 납니다.”

무학이 낮고 강하게 주의를 주었다. 좁은 방안에서 의혹과 침묵이 복잡하게 뒤엉켰다. 침중하게 바닥을 바라보던 최영이 천천히 일어서서 여달에게 절을 했다. 크게 놀란 여달이 벌떡 일어서려다가 무학에게 막혔다. 잠시 후 최영이 모든 비밀을 말했다. 너무나 믿기지 않는 현실에 여달은 그저 멍하게 최영을 바라보았다.

“그러면 현화사의 승부에서 이겼을 때 소인이 양민의 자식이 맞느냐고 여쭈었을 때 그렇지 않다고 대답하신 것은 제 아버지가 충혜왕이었기 때문이었습니까?”

“그렇습니다. 불국사로 보낸 것과 얼굴을 알아보지 못하게 하라고 한 것은 왕자마마를 알아보는 자들이 있을까 저어되어 그리한 것입니다. 끝까지 지켜드리지 못하고 먼저 가는 신을 용서해 주시옵소서.”

최영이 침통하게 말했다. 무학 또한 자신이 알고 있는 비밀을 말하자 더 이상 의심의 여지가 없었다. 머리를 쥐어뜯던 여달이 고함을 지르며 뛰쳐나갔다.

아무리 기다려도 여달은 돌아오지 않았다. 여달이 떨어뜨린 망태에 든 산삼이 덩그렇게 바람을 맞을 뿐이었다.

이방원이 막 저녁상을 받으려는데 정도전이 찾아왔다는 통지가 들어왔다. 아내 민씨도 심상치 않은 것을 느낀 듯 얼른 술상을 보아왔다.

"대사성大司成께서 어인 일이십니까?"

"이 근방을 지나다가 목이 말라 술이나 한 잔 얻어 마실까 하여 들렀습지요."

"마침 시생도 술을 마시려던 중이니 제대로 찾아오셨습니다.

"폐를 덜 끼치게 되어 다행스럽소. 그런데 오늘 보니 진정 영웅호걸이외다. 이제는 어디에 나서도 손색이 없으실 것이오."

정도전의 칭찬은 입발림만은 아니었다. 이제 막 약관을 갓 지난 스물 하나지만 장대한 기골에서 풍기는 위엄이 자못 범상치 않았다. 그 아비에 그 자식이라는 찬탄이 절로 나왔다.

"칭찬이 과하셔서 몸 둘 바를 모르겠습니다. 어서 좌정하시지요."

상석을 양보한 이방원이 술을 따랐다. 서른 살이나 차이가 나는 두 사람이 술을 주고받으려니 어색했지만 어차피 술이나 마시려고 찾아온 것은 아니었다. 몇 잔 주고받던 정도전이 본론을 슬쩍 말을 돌렸다.

"자고로 집안이 번창하려면 장남이 똑똑해야 하는 법인데……."

정도전이 짐짓 말끝을 흐리자 이방원의 표정이 굳어졌다. 부친을 위해 열심히 뛰기는커녕, 고려의 신하를 자처하고 억지로 사행을 따라가는 등으로 말썽을 부리는 이방우를 빗대는 것이 분명했다. 그렇다고 해서 세 명이나 되는 다른 형들도 똑똑한 것과는 거리가 멀었다. 그러나 아무리 한심해도 형은 형이고 동생은 동생이 아닌가. 다섯째로 태어난 것이 요즘처럼 원망스러울 수가 없었다.

"한 가지 물어볼 게 있는데 솔직하게 답변해주시겠소?"

"시생이 대답할 수 있는 것이라면 숨기지 않을 것입니다."

"부친께서 어떤 사람을 몹시 아껴 집에 들이려고 하는데, 그 사람이 칼을 품은 강도라면 어떻게 하시겠소?"

"그야 굳이 말씀드릴 필요도 없지 않겠습니까?"

"문제는 부친께서 그 강도를 때려잡는 것을 허락하지 않는다는 데 있소이다. 그래도 강도를 때려잡으시겠소?"

"당연하지 않습니까? 강도를 그냥 두었다가는 반드시 부친을 해치고 집안을 망칠 텐데 어찌 그냥 두고 보겠습니까, 부친께 어떤 책망을 듣는 한이 있더라도 때려잡고야 말겠습니다."

"정말 대단한 기백이오! 오랜만에 속이 후련해지는 것 같소이다."

"그런데 그 강도가 누구입니까?"

"아주 유명하고 훌륭하여 귀공도 잘 아는 사람이오."

"혹시 대사성과 같은 성을 쓰는 사람이 아니온지요?"

"하하하! 앞으로 알게 될 것이오."

정도전은 술이 과했다는 핑계를 대고 그만 일어섰다. 나가려던 정도전이 짐짓 취한 목소리로 말했다.

"어, 취한다! 나 같으면 장남이고 뭐고 제일 똑똑

하고 공이 큰 아들에게 모든 것을 물려줄 텐데 말이야……."

그 말에 이방원과 민씨가 날카로운 눈으로 서로를 바라보았다.

유난히 추운 12월 아침, 필必자 형태로 결박된 최영이 개경의 순군부徇軍部 마당에 정좌했다. 언 땅의 한기寒氣 때문에 하체는 아무런 감각이 느껴지지 않았다. 수염에 입김이 얼어붙어 서걱거렸고 드러난 살갗이 퍼렇게 얼어갔지만 최영은 미동도 하지 않았다. 한참만에야 교지를 받든 도사都事가 나타났다. 도사가 손을 호호불면서 최영에게 참형을 선고했다. 죄목은 어이없게도 반역과 부정부패였다. 그러나 굳이 반박하거나 변명하지 않았다. 이렇게 된 이상 추한 모습을 보이고 싶지 않았다.

"죄인은 남길 말이 있는가?"

"내가 죄가 없다면 나의 무덤에 풀이 나지 않을 것이다."

"다른 말은 없는가?"

"귀찮으니 어서 베어라."

잠시 후 최영을 참할 회자수劊子手가 묵직한 칼을

들고 나타났다. 덜덜 떠는 것이 몹시 추워보였다.

"그래, 아침은 먹었느냐?"

"예? 시, 시래깃국에 식은 보리밥 덩이를 말아 먹었나이다."

"그렇다면 힘이 달리지는 않겠구나. 한 번에 쳐다오."

최영의 당부에 회자수가 그만 울상을 지었다. 어쩌다가 모든 백성이 우러러 숭앙하는 최영의 목을 베게 되었는지 기가 막힐 따름이었다.

"네게 무슨 죄가 있겠느냐? 아무런 원망도 하지 않을 테니 실수 없이 집행해라."

최영이 눈을 감았다. 그간에 겪었던 일들이 빠르게 스쳐갔다. 아쉬움이 없지는 않았지만 미련을 두지 않았다. 이윽고 여달이 떠올랐다. 최영의 얼굴에 웃음이 떠오르는데 날카로운 압력이 빠르게 목덜미를 갈랐다. 최영의 목이 피를 뿜으며 솟구치는 순간, 담장 너머로 지켜보던 백성들이 울음을 터뜨렸다. 최영의 죽음은 급격한 동심원同心圓이 되어 곳곳에 퍼졌다. 최영의 죽음은 고려의 죽음이었다. 백성들은 소복을 하였고, 상인들은 장사를 하지 않았으며,

유생들은 비분하여 통곡했다. 향년 73세, 고려를 떠받치던 위대한 장군은 그렇게 세상과의 인연을 끊었다.

"역도逆徒들의 조사는 어찌 되었소?"

조준이 이성계에게 상세히 보고했다. 대호군大護軍 김저金佇와 부령副令 정득후鄭得厚 등이 이성계를 암살하기 위해 곽충보郭忠輔에게 협조를 부탁했는데, 오히려 곽충보가 밀고를 함으로서 사건의 전모가 드러나게 되었다. 그런데 배후에 우왕이 나타났으니 보통 일이 아니었다.

"목숨을 살려준 것만 해도 감지덕지이거늘 어찌 이럴 수 있다는 말입니까!"

정도전이 크게 분개했다.

"포은은 어떻게 생각하시오?"

이성계가 묻자마자 정몽주가 단호하게 대답했다.

"왕을 폐하고 유배된 전왕도 다른 곳으로 옮겨야 마땅할 것입니다. 전왕들의 처분은 새로 옹립한 왕께 맡겨야 하겠지요."

이미 대세가 결정되어 있었지만 정몽주의 찬성은 놀라운 것이었다. 이성계가 매우 흡족하여 그대로 시행하라고 말했다. 마치 정몽주가 주장하여 시행되는 것 같은 모습이었다.

"진심인가?"

추궁하는 것 같은 정도전의 물음에 정몽주가 가볍게 고개를 끄덕이고 다른 곳으로 갔다.

- 너무 빤하구먼.

정몽주가 속으로 실소했다. 이번 사건의 증거는 고문에 의한 자백이 전부였다. 김저는 체포당하고 정득후는 자살하였는데, 술김에 그런 말을 주고받은 것이 문제의 발단이었다. 당연히 아니라고 변명을 했겠지만 이미 그렇게 짜 맞춰진 수사를 피할 수 없었다. 상식적으로 생각해도 그들은 직접 부대를 동원할 능력이 되지 않는데다, 강화도에 유배된 우왕과 연결시키는 것 자체가 무리였다. 게다가 이성계의 신임을 받고 있는 곽충보를 찾아가 동참시키려 했다는 것이 말이나 되는가? 말도 안 되는 사건을 조작한 것도 우습기 짝이 없는데, 우왕까지 엮으려는 것은 실로 언어도단이었다. 졸지에 내쫓긴 우왕의 원한은 충분히 상상할 수 있겠지만 복위를 시도하는 것은 원한과 전혀 별개의 문제였다. 우왕이 살아있을 수 있었던 것은 자신의 아들 창이 왕이 된 덕택 아닌가. 당장 죽여야 마땅했지만 현재 왕의 부친이기 때문에 그냥 둘 따름이었다.

하루라도 더 살기 위해서는 죽은 듯이 지내야 한다는 것을 누구보다도 잘 알고 있을 우왕이 미쳤다고 그런 짓을 꾸민다는 말인가? 설혹 이성계를 죽인다고 해도 정치력을 완전히 상실한 이상에는 복위될 가능성이 전혀 없었다. 다른 자가 나타나 자신의 입맛에 맞는 왕족을 즉위시키는 날에는 그날로 세상을 하직할 것이 뻔한 만큼 우왕의 행동은 극도로 제한될 수밖에 없었다. 우왕이 복위할 수 있으려면 최영이 이성계를 죽이는 것밖에 없겠지만, 최영이 먼저 죽은 마당에 복위는 무슨 얼어 죽을 복위라는 말인가. 죽은 듯 가만히 있는 우왕을 엮어버린 것은 고려를 정리하기 위한 수순에 지나지 않을 뿐이었다.

이미 이색과 조민수가 제거당한데다 혼자 반대해서 될 일이 아니라면 차라리 협조하는 것이 좋았다. 이성계를 노릴 수 있는 기회가 올 때까지는 적극적으로 협조할 생각이었다.

새로 생긴 아담한 포목전에 손님들이 줄지어 들어왔다. 포목전의 주인은 긍호였다. 비단으로 잘 차린 긍호는 예전과 비할 수 없는 귀티가 줄줄 흘렀다.

현화사에서 여달을 모함했다가 된통 당했을 때는 그만 하늘이 노래졌었다. 자칫했다는 목숨까지 위태로울 뻔했지만 이인임을 등에 업었던 덕택에 겨우 무사할 수 있었다. 그렇지만 쏟아지는 비난을 피할 길이 없었다. 야비한 놈이라고 지탄당하고 대목들의 신임까지 잃게 되어 마을에서 쫓겨났을 때는 모든 것이 끝장이라고 포기했었다. 그러나 역시 하늘이 무너지면 솟아날 구멍이 있었다. 굶어죽지 않기 위해 구걸하다가 이성계가 반역하여 쳐들어왔다는 소식을 들었을 때 자신도 모르게 펄쩍 뛰며 만세를 불렀다. 잠시 기다리자 먹을 것이 해결되었고 마침내 가게를 얻을 돈까지 생겼다. 이제 하루가 다르게 성업을 하게 되었으니 역시 사람의 앞날은 알 수 없었다. 굳이 힘들여 목수 일을 하지 않아도 성공할 자신이 충분했다. 긍호가 비릿한 웃음을 흘리며 이성계의 자택 쪽을 바라보았다.

"그렇게 하시오."
"성은이 망극하여이다."

억지로 즉위한 공양왕恭讓王이 가장 먼저 한 일은 우왕과 창왕을 죽이는 것을 승낙한 것이었다. 이미

45세나 된 나이로 즉위한 공양왕은 자신이 왕으로 선택된 것이 너무나 무섭고 두려웠다. 지금 우왕과 창왕의 사형을 승인한 공양왕도 언제 죽을지 모르는 판국이었다. 예전의 왕족들은 왕이 되지 못해 안달했고 심지어는 전쟁까지 벌였지만, 언제 나라가 망할지 모르는 지금은 절대 왕이 되지 않으려 했다. 그런 판국에 왕이 된 공양왕은 하루하루가 지옥 같았다.

"오늘도 고생 많으셨소."

이성계의 칭찬을 받은 정몽주가 웃으며 겸양했다. 이성계가 술이나 한 잔 하자고 하여 함께 일찍 나갔다. 이성계의 행차는 왕에게 비길 것이 아니었다. 어가御駕만 타지 않았을 뿐이었다. 이성계와 말머리를 나란히 하는 사람이 정몽주라는 것을 알아본 백성들이 입을 삐쭉였다. 최영이 죽은 데 이어 정몽주마저 변절했으니 이제 고려는 망했다는 탄식이 흘러나기도 했다.

"이놈! 이성계야!"

누군가가 벼락같이 외치며 달려들었다. 크게 놀란 갑사들이 이성계를 빈틈없이 감싸는 동시에 흉수를 가로막았다. 조영규趙英珪가 흉수의 손을 비틀어 무기를 떨구었다. 땅에 떨어진 것은 비수나 단검이 아니라 나무를 파는 끌이었다. 허벅지를 걷어차 무릎을 꿇리자 순군巡軍들이 달려들어 순식간에 포박해서 엎어버렸다. 이성계가 다가와 악을 쓰며 몸을 비트는 흥수를 바라보았다.

"나를 노리다니 정말 대담한 놈이로다."

이성계가 씩 웃었다. 이성계 자신이 직접 목격한 이상 다시 한 번 정치판을 흔들어버릴 수 있었다. 반대파들은 거의 씨를 말렸으니 다른 쪽으로 거는 게 좋을 것 같았다.

"이번에 전하를 추대할 때 함께 거론되었던 왕족이 몇몇 있었는데 그들을 거는 게 어떻겠소?"

"그렇게 하시는 것이 가하리라 봅니다. 일단 살려두시고 수하들에게 맡기면 되지 않겠습니까?"

그렇게 하라고 명하려다가 흥수의 얼굴에 눈길이 닿았다. 흉하게 일그러진 얼굴이 그리 낯설지 않았다. 흥수가 떨어뜨린 끌을 보자 누군지 생각이 났다.

"네놈은 여달이라는 목수가 아니더냐?"

"그렇다! 내 이름은 여달이며 너를 죽이러 왔다!"

"무엇 때문에 나를 죽이려고 했느냐?"

"내 아내를 죽이고 최영 장군을 죽인데다 이제는 고려까지 죽이려 하고 있으니 어찌 네놈을 죽이고 싶지 않겠느냐? 너를 죽이고 싶은 고려 백성이 백만 천만이 넘을 것이니 목을 늘이고 기다려라!"

"어느 안전이라고 막말이냐!"

조영규가 옆구리를 걷어차자 숨이 막힌 여달이 거품을 물고 버르적거렸다. 가만히 여달을 바라보던 이성계가 명을 내렸다.

"전옥에 가두되 별도로 명할 때까지 손대지 말도록 해라."

불길하게 춤추는 횃불의 분말이 어둡고 축축한 공간을 희미하게 채웠다. 피와 오물이 질척이는 짚북데기 위에 쪼그리고 앉은 여달이 멀거니 앞을 바라보았다. 죽을 자와 감시하는 자를 구획하는 것은 거칠게 다듬어 세운 팔목 굵기의 소나무였다. 그 너머에 있는 옥졸이 무료한지 하품을 했다. 음습하게 깔리는 한기와 끌려온 자들이 겪었을 처참한 고통과 공포가 버무려졌고 피비린내에 범벅된 악취에서 애걸과 절망이 배어나는 것 같았다. 어디선가 끔찍한 비명이 터졌다. 잡혀온 누군가가 악몽을 꾼 모양이었다. 여기가 전옥이라는 것이 새삼스러웠다. 여달은 더 이상 자신의 존재를 믿지 않았다. 목수들의 행수가 되었다가 주정뱅이로 전락한 다음 은애의 도움으로 새사람이 된 이후 은애가 이성계의 말에 치어죽고, 출가에 실패한 다음 얼굴을 불로 지져 흉측하게 만들었으며, 우왕에게 고려 제일의 목수로 인정받았다가 부친처럼 따랐던 최영을 떠났던 모든 것들이 꿈속의 사건과 흡사하게 느껴질 뿐이었다.

최근에 닥친 고통은 예전과는 비교할 수 없이 파괴적이었다. 아무래도 다른 사람의 기억을 빌린 것이거나 다른 사람이 여달의 기억을 공유한 것 같았다. 스스로를 승간소생으로만 알았고 그렇게 살아왔는데, 어느 날 갑자기 왕의 아들이었다는 말을 들었을 때는 머릿속에서 범종이 울리는 것만 같았다. 여달이 믿을 수 있는 한계를 한참이나 지났지만 그 말을 꺼낸 사람은 유일하게 존경하고 따랐던 최영인데다, 함께 있던 무학도 그것을 입증하지 않았던가. 그것이 사실이라고 인정하게 되었을 때 상상도 하지 못할 충격에 휩싸였다. 여달의 정신은 산산이 분해되고 말았다. 목에서는 전혀 의미가 담기지 않은 외침이 터졌고 다리가 제멋대로 움직였다.

정신을 차리자 누더기 차림으로 거적때기를 쓰고 돌아다니는 자신이 발견되었다. 그동안 어떻게 먹고

잤는지 전혀 기억이 없었다. 주정뱅이 시절 첫 잔을 마셨을 때와 깨어났을 때밖에 기억나지 않았던 것은 아무것도 아니었다. 솜씨 좋은 목수가 단번에 잘라 내기라도 한 것처럼 그 부분의 기억이 말끔히 사라지고 말았다는 것을 인식했을 때 다시 한 번 절망했다. 차라리 통째로 기억을 잃거나 미쳐버리지 않고 왜 다시 정신이 들었다는 말인가, 여달은 주저 없이 목을 매달았다. 무게를 견디지 못한 나뭇가지가 부러진 다음 벼랑을 찾아갔다. 한 걸음만 내디디면 모든 고통에서 해방될 수 있었다. 하지만 이런 식으로는 죽지 않을 것이 분명하다는 생각이 들었다. 죽는다고 해도 기억이 남아 귀신으로 떠돌 것만 같았다. 자신을 완벽하게 죽이고 기억도 남기지 않는 방법을 궁리하던 가운데 이성계가 떠올랐다.

밥과 국이 들어왔다. 자해自害를 막기 위해 목기木器에 담긴 그것들은 이미 온기를 잃고 있었다. 여달은 기듯이 다가가 그것을 먹었다. 먹는다기보다는 밀어 넣고 삼키는 것을 반복할 따름이었다. 밥덩이를 입에 넣은 다음 국물을 부어 식도食道의 낙차로 떨어뜨렸다. 그릇에 붙은 밥알과 마지막 남은 약간의 국물까지 깨끗이 삼킨 다음 본래의 자리로 돌아가

쪼그렸다. 먹지 않아도 견딜 수 있다면 굳이 먹을 것을 삼키지 않았을 것이었다. 죽을 때까지 살아 있기 위해서 밥과 국을 식도의 경사로 떨어뜨릴 뿐이었다. 고문을 조금이라도 오래 견디기 위해서는 지금 먹어둬야 했다. 이성계를 죽이려다 실패하여 체포당한다면 극한의 고통을 맛볼 수 있을 것이 분명했다. 살과 뼈가 찢기고 부러지는 것은 시작에 지나지 않을 것이었다. 적어도 산채로 가죽을 벗긴 다음 달군 인두로 지지는 정도는 되어야 할 것이다. 상상조차 할 수 없는 고통이 무수히 반복되어 완전히 짓이겨져야 이 고통에서 벗어날 수 있을 것 같았다. 으깨지고 헤집어진 몸뚱이 속에 들어있는 것이 무엇인지 확인한 다음 미련 없이 사라질 작정이었다.

"고문은 언제 시작되오?"

여달의 질문에 옥졸이 또 그 말이냐는 듯 진저리를 쳤다.

"빨리 고문을 당할 수 있게 해주면 반드시 보답하겠소."

"알겠네. 자네는 아주 특별히 해줄 것이 분명하니까 조금만 기다리면 좋은 소식이 있을 걸세."

"확실하지요?"

여달의 눈에서 새파란 광채가 일었다. 이해할 수 없는 여달의 광기狂氣에 옥졸은 자신도 모르게 찬바람을 들이켰다. 옥졸 생활 십수 년에 갖은 꼴을 다 보았지만 저런 놈은 처음이었다. 저놈은 반드시 귀신이 되고야 말 것 같았다.

"여달을 살려주셔야 합니다. 정신이 온전치 못한 자가 무슨 짓을 저지르지 못하겠습니까? 부디 너그럽게 용서하시기 바라겠습니다."

무학이 간절하게 말했다.

"하지만 소인을 죽이려 했던 것은 그냥 넘어가기 어렵지 않겠습니까? 제가 용서한다고 해도 포은과 삼봉을 위시한 사람들이 가만있지 않을 것 같습니다."

"고려는 이미 절명한 것이나 진배가 없지 않습니까? 여달을 이용하여 다시 피를 불러봐야 아무것도 좋을 것이 없습니다. 어차피 나중에 정리될 것인데 무엇 때문에 사서 민심을 잃으려 하십니까?"

무학이 정면으로 찌르고 들자 이성계도 할 말이 없었다. 게다가 왕사王師로 예우하는 무학의 부탁을 거절하기도 어려웠다.

"그런데 여달이가 자신의 아내를 내가 죽였다고 하던데, 참으로 알 수 없는 일입니다."

"소승이 알고 있습니다."

황산전투가 벌어지기 직전 개경에 들어온 행군의 선두에 느닷없이 뛰어들었던 아낙이 은애였다는 설명을 들은 이성계가 착잡한 표정을 지었다. 비록 사고였지만 여달과 그런 악연이 있을 줄은 몰랐다.

"또한 여달이가 최영 장군을 부친처럼 섬겼다고 했으니 악연이 계속 중첩되는 것 아닙니까? 정말 묘한 인연입니다."

"그것으로 끝이 아닙니다. 여달의 정체가 무엇인지 아십니까?"

무학이 여달의 정체를 말하자 이성계가 펄쩍 뛰었다.

"추, 충혜왕의 아들이라고 하였습니까?"

"그렇습니다, 여달은 충혜왕의 아들이 분명합니다."

그렇다면 지금의 왕인 공양왕보다 훨씬 왕통王統에 근접한 사람이다. 20대 신종神宗의 7대 손인 공양왕과 바로 인접한 28대 충혜왕의 아들인 여달의 정통성은 비교 자체가 곤란하지 않은가. 여달이야 말로 가장 먼저 죽여야 할 위험인물이었다.

"그렇다면 결코 살려둘 수 없습니다!"

"진정하십시오. 소승이 무엇 때문에 그런 비밀을 말하였겠습니까?"

"……."

"여달은 자신의 신분을 이용해서 일을 도모할 사람이 아닙니다. 오히려 그것을 알게 된 이후부터 극심한 혼란에 빠지게 되었습지요."

무학이 여달의 비밀을 알게 된 이후의 과정을 상세히 설명했다. 가만히 듣고 있던 이성계가 만일 최영이 여달을 옹립했으면 어떻게 되었을까 생각하고는 그만 등골이 오싹했다. 최영이 죽었다고 해도 다른 자들이 여달의 존재를 알게 되면 사단이 벌어지고 남을 것 같았다.

"비밀을 아는 사람이 몇 명이나 됩니까?"

"여기에 있는 두 사람뿐입니다."

"그렇다고 해도 살려두기에는 너무 위험한 자입니다."

"다시 말씀드리지만 소승이 무엇 때문에 여달의 비밀을 밝혔겠습니까? 조금 전까지만 해도 비밀을 아는 자는 소승 하나밖에 없었고 이미 여달을 살려주겠다고 하였으니 그냥 입 꾹 다물면 될 것인데, 왜 충혜왕의 아들이라는 것을 밝혀 여달을 위험에 빠뜨렸겠습니까?"

듣고 보니 그랬다. 이성계가 묵묵히 무학을 바라보았다.

"여달은 앞으로 큰일을 할 사람입니다. 이제는 나라의 이름만 정하면 되는 단계라고 해도 과언이 아닌 만큼, 여달이 가진 의혹과 우려에 대해서는 지금부터 남김없이 털어야 할 것입니다."

"무엇 때문에 그래야 하는 것입니까?"

"여달이 큰일을 해낼 사람이라고 말씀드리지 않았습니까? 이미 그럴 조짐이 나타난 데다 이제는 소승도 확신하는 중입니다. 앞으로 여달이 큰일을 할 때 고려의 왕자라는 비밀이 터지면 어떻게 되겠습니까? 앞으로 비밀이 누설되지 않는다고 확신할 수 없는 이상에는 지금 미리 밝히는 것이 가하리라 사료되어 드리는 말씀입니다."

깊이 생각하던 이성계가 알았다고 약조했다. 무학이 크게 기뻐하며 몇 번이나 사례했다.

정몽주가 피곤한 얼굴로 퇴궐했다. 철없는 아이들이 '목자木字가 나라를 얻는다'는 노래를 부르며 뛰어다녀도 누구도 말리거나 꾸짖지 않았다. 작년만 같았어도 아이들은 물론, 부모까지 크게 경을 쳤을 터인데, 요새는 어른들까지도 함께 흥얼거릴 지경이었다. 그리고 보니 한양에 벌이사伐李使를 보내서 배나무를 베던 것도 어느 사이에 중지되어 버렸다. 거리의 풍경에서까지 고려의 멸망이 피할 수 없는 대세라고 생각하니 절로 쓴웃음이 나왔다. 가장 우려되는 것은 명나라가 우호적으로 돌아섰다는 점이었다. 고려는 돌이킬 수 없는 역사의 폭포를 향해 나아가고 있을 따름이었지만 정몽주는 마지막 희망을 버리지 않았다. 나라를 판돈으로 건 도박판에서는 규칙이 없지 않은가. 이성계를 위시한 수뇌급만 잡으면 승부를 뒤집을 수도 있었다. 아직까지 결정적인 기회를 잡지 못했지만 그렇다고 해서 조급하게 움직이는 것은 절대 금물이었다. 한 번이라도 기회가 닥치면 반드시 성공시켜야만 했다.

"귀하신 분께서 어인 걸음이시옵니까?"

궁호가 포목점을 방문한 강씨에게 깊이 허리를 숙

였다. 만족한 모습으로 포목점을 살펴보던 강씨가 긍호를 불렀다.

"창고를 더 지어야 하지 않겠느냐?"

"그렇지 않아도 그러려고 했나이다."

여기는 강씨에게 뇌물을 바치는 곳으로 통했다. 여기에다 비단을 바치면 직접 강씨에게 들어간다는 소문이 퍼졌는데, 강씨가 이따금씩 방문하여 신빙성을 더해 주었다. 비단을 가지고 오는 자들이 줄을 섬에 따라 창고를 증축할 필요가 발생한 것이었다. 긍호는 누가 얼마나 바쳤는지 상세히 기록한 다음 벽란도의 상인들과 거래하여 은銀으로 바꾸었다. 은은 강씨의 친정으로 보냈는데, 긍호가 수익의 일부를 챙기는 것을 묵인해 주었으니 정말 살맛이 났다.

"창고를 지을 때는 내부에 조용한 곳도 따로 마련하게나."

"여부가 있겠습니까?"

강씨가 원하는 것은 무엇이든 들어주어야만 했다. 주변에서 좋은 혼처가 많이 들어왔어도 일절 거절했으며 술을 마시러 가도 기루妓樓는 절대 피해야 했다. 표독하고 잔혹한 강씨의 귀에 그런 소문이 들어갔다가는 바로 끝장이었다.

위 기

모처럼 사냥을 나온 공양왕은 매우 기분이 언짢았다. 이성계의 부하들이 짐승을 잡으면서 그리 예의를 차리지 않았기 때문이었다. 심지어는 공양왕이 있는 방향으로 활을 겨누는 자들까지 나타나는 바람에 흥은커녕, 공포에 질릴 지경이었다. 어서 빨리 끝나기만을 바라는데 화살 맞은 꿩이 공양왕 뒤편으로 떨어졌다. 박위朴葳가 빠르게 말을 달려 다가왔다. 훌쩍 말에서 뛰어내린 박위가 꿩을 찾으려 하는데, 위사衛士가 앞을 가로막았다.

"무엄하다! 감히 전하께서 계신 곳을 범접하려 하느냐!"

"지금 뭐라고 하였느냐?"

혁명군에서도 비중이 적지 않은 박위가 어이없다는 표정으로 위사를 바라보았다. 원칙으로 따지면 위사의 말이 맞지만 언제 쫓겨나 죽을지 모르는 공양왕이 무슨 왕이란 말인가. 처음에는 뭘 잘못들은 게 아닌가 하였는데 가만히 보니 그게 아니었다.

"한 걸음만 더 범접하면 즉참卽斬으로 다스리겠다!"

위사가 칼자루에 손을 얹자 박위가 크게 노했다. 앞으로 개국공신開國功臣에 올라 부귀영화를 누릴 사람이 겨우 위사 따위에게 밀린다는 것이 말이나 되는가. 몰려든 자들도 본때를 보여주라고 성화를 부렸다. 참지 못한 박위가 칼을 뽑으려는 순간 정몽주가 뛰어들었다.

"어전에서 무례한 것만도 경을 치고도 남거늘 감히 칼까지 뽑을 작정인가!"

정몽주가 호되게 꾸짖었다. 이성계도 박위를 꾸짖어 물리쳤다.

공양왕 2년(1390) 봄, 여달은 회암사에 있었다. 회암사는 예전의 타락한 사찰이 아니었다. 세상이 바뀌어 무학이 부패한 승려를 일소하기 시작했을 때 가장 먼저 철퇴를 맞은 사찰이 바로 회암사였다. 타락하고 부패한 주지와 상좌들이 모두 떨려나가고 건실한 승려들로 물갈이가 된 회암사에는 사찰 특유의 정숙하고 청량한 기운이 감돌았다.

"그러다가 병들겠습니다."

상좌가 혀를 차며 여달을 말렸다. 새벽부터 한밤중까지 갖은 일에 매달리는 여달을 보다 못해 만류해도 들은 척도 하지 않았다. 장작을 팬 여달이 물을 길어 열 개가 넘는 가마솥에 그득 채웠다. 물을 채운 다음에는 위에 있는 암자로 가서 여기저기 손을 봐줄 생각이었다.

– 돌아가지 않아!

전옥에서 석방되었을 때는 다시 한 번 기가 막혔다. 죽는 것도 마음대로 되지 않는 여달에게 사는 것은 그 자체로 고통이었다. 그를 꺼내준 무학이 은애와 최영을 보아서라도 살아야 한다고 간고히 타이르고, 죽지 않겠다는 것과 달아나지 않겠다는 것을 조건으로 회암사에 보내진 직후부터 여달은 일에 매달렸다. 합법적으로 자신을 죽일 수 있는 방법은 그것밖에 없었기 때문이다.

초여름의 계룡산에 오른 무학이 곳곳을 돌아보다 동학사東鶴寺로 들어섰다. 무학은 이곳을 새로운 도읍으로 점찍고 있었다. 한양을 도읍으로 하여 천도하려는 움직임이 있었지만, 성곽이나 제반 시설을 제대로 갖추지 못한 상태에서 그런 논의가 발생한 것은 성급하고 졸속했다. 공민왕 무렵에도 도선비기道詵秘記에 따라 개경의 지기地氣가 쇠했느니, 한양으로 천도하면 여러 나라가 조공할 것이니 등등의 이유를 들어 천도를 시도하였으나 다시 돌아오고 말았다. 올해의 천도는 거의 오백년이나 고려의 도읍이었던 개경에서는 출발의 의미가 없으며 왕을 둘이나 죽였다는 죄책감 등이 추가되었는데, 무학은 한양보다는 계룡산 방향이 좋다고 보았다. 그동안 전국을 돌아다닐 때마다 틈틈이 보아 두었기 때문에 이성계에게 강력하게 권유할 생각이었다. 일단 동학사에 묵은 다음 다시 한 번 꼼꼼히 살펴볼 작정으로 막 일주문一柱門을 지나치는데 누군가가 앞을 막았다.

"여기는 아닙니다."

무명이 조용히 말했다.

"이곳은 대사께서 찾는 곳과 부합하지 않습니다. 적어도 앞으로 칠백 년은 지나야 세인世人들이 거론하게 될 것입니다."

뜬금없는 말에 잠시 당황했지만 뭔가가 번뜻 머리

를 스쳤다.

“혹시 불국사에서 여달을 제도하신 분이 아니신지요?”

“여달이라는 시주와 인연을 맺기는 하였습니다만, 제 앞가림도 못하는 중놈이 어찌 남을 제도하겠습니까? 죽을 때까지 견성하지 못할 땡초에 지나지 않습니다.”

“한 가지만 더 여쭙겠습니다. 도선 국사와는 어떻게 되시는지요?”

“선사先師께서는 같은 뿌리에서 난 가지와 같다고 말씀하셨습니다.”

“오오.”

무학이 찬탄을 발했다. 겨레의 본질을 은밀하게 전하는 신비한 방파와 마침내 만나게 된 것이었다. 무학은 주지의 거처에 묵지 않았다. 무명이 거처하는 비좁은 행랑에서 며칠이나 밤을 새워 토론하며 즐거워했다.

공양왕 3년(1391), 개경은 무너진 흉가처럼 뒤숭숭했다. 작년 9월에 시도했던 천도가 공민왕의 뒤를 이어 깨끗이 실패했기 때문이었다. 궁궐부터가 부실하여 추위를 막기 어려울 것은 충분히 예견되었지만, 주요 관청이 개경에 있던 관계로 일처리가 양분되었던 것이 큰 문제였다. 개경에 있었다면 간단히 처리될 업무가 양쪽으로 오가다보니 기약이 없던 데다, 관청에 호랑이가 나타나 사람을 물어가기까지 하였으니 결국 올해 2월에 다시 돌아올 수밖에 없었다.

"백부伯父님 오셨습니까?"

이성계의 자택에서 나오던 이방우가 이원계에게 인사를 했다. 파리하게 시드는 것을 보니 술에 절어 산다는 소문이 맞는 것 같았다. 잠시 이방우를 바라보던 이원계가 무겁게 입을 열었다.

"네 모친은 어떠냐?"

"그리 좋으시지 않습니다."

한씨의 건강이 급격히 나빠지게 된 것은 3년 전 요동정벌군이 출병할 때 인질이 되었을 때부터였다. 한씨는 그때 겪은 공포를 이겨내지 못하고 시름시름 앓게 되었다. 요즘은 자리에서 일어나기조차 어렵게 되었다는 말을 듣고 이원계가 찾아오게 된 것이다.

"네가 벼슬을 그만두었다는 말을 들었느니라."

"그렇습니다."

"왜 그만두었느냐?"

이방우는 대답하지 않았다.

"나도 회군에 동참했기 때문에 할 말은 없다만 한참 일할 사람이 그래서야 쓰겠느냐? 다시 복직하도록 하여라."

이원계가 하는 말은 충분히 이해할 수 있었다. 장차 이성계가 나라를 세우면 세자가 될 신분이니 경력을 관리해야 한다는 조언은 고마웠지만 이방우는 그럴 뜻이 없었다. 반역자의 장남으로 세자가 되느니 차라리 고려의 신하로서 죽을 작정이었다.

이방우가 허리를 숙이고 나간 다음 이원계는 크게 한숨을 쉬었다. 이원계도 이미 죽을 각오를 다진 다음이었다. 다른 자가 회군하자고 했다면 칼을 뽑아 결판을 내었을 테지만 피붙이를 벨 수도 없지 않은가. 상황이 긴박하기도 하여 어쩔 수 없이 반역에 동참하기는 했지만 반역에 앞장선 자신을 도저히 용납할 수 없었다. 그래도 죽기 전에 인간된 도리를 다하려는 것인데, 방금 전에 만난 이방우의 눈에 비친 결연한 각오를 보고는 절로 탄식이 터졌다.

"오랜만입니다."

무명이 합장했다. 불국사에서의 인연은 그리 간단하지 않았지만 여달은 그리 관심을 두려고 하지 않았다.

"조금 쉬었다 하시는 것이 어떻겠습니까?"

"그러지요. 오늘은 스님께서 객이시니 제가 대접하겠습니다."

여달이 주먹밥과 짠지를 가지고 왔다. 달게 받아먹은 무명이 일어서서 말했다.

"소승과 함께 나가십시다. 여기는 시주가 있을 곳이 아니지 않습니까?"

"제가 있을 곳은 바깥이 아니라 여기인데 왜 나가자고 하십니까? 가시려면 스님 혼자 가시도록 하십시오. 멀리는 나가지 못하겠군요."

"나가시면 인연을 만나게 될 것입니다. 그러니 어서……."

"대체 왜 이러는 겁니까!"

여달이 버럭 화를 냈다.

"그때 불국사에서 출가했어야 했습니다! 그랬으면 이렇게 모진 고통은 겪지 않았을 것입니다! 마음대로 죽지도 못하게 만들어 놓은 당신을 따라 가느니 여기서 죽을 때까지 일하는 게 백배 낫겠습니다. 그러니까 어서 나가십시오.”

“시주의 고통은 충분히 이해합니다. 그러나 세속에서 얻은 고통은 세속에서 풀어야 하는 법이니 함께 나가도록 하십시다.”

“당신이 나를 얼마나 안다고 그러는 게요! 내가 겪은 고통을 얼마나 안다고 그따위 개소리를 지껄이느냔 말이야!”

마침내 여달이 폭발했다. 일그러진 얼굴에 박힌 눈에서 무서운 살기殺氣가 쏟아졌다. 여달이 무명의 멱살을 잡고 주먹을 지르려 했다.

“나는 왜구였소. 내 손에 죽은 사람들이 적어도 천 명은 넘었지.”

갑자기 무명의 말투가 거칠고 투박하게 바뀌었다. 크게 놀란 여달이 자신도 모르게 멱살을 놓았다. 전혀 다른 사람으로 변해버린 무명이 자신의 과거를 이야기했다.

그는 본래 고려 사람이었다. 부모는 노비였으며 그와 여동생까지 모두 네 식구였다. 아비가 장사여서 두 사람 이상의 몫을 한데다가, 어미도 베를 잘 짜 그럭저럭 먹고 살았다. 무엇보다도 다행스러운 것은 주인이 그리 나쁘지 않았다는 것이었다. 비록 노비였어도 단란했던 행복은 주인이 바뀌면서 흔들리기 시작했다. 주인이 죽자 그들을 물려받은 아들이 아주 인색하고 매몰차게 굴었다. 실컷 부려먹고도 먹을 것을 줄이기 일쑤였지만 아비와 어미가 죽도록 일하여 겨우겨우 먹고살 수 있었다. 그러던 어느 날, 밭을 개간하던 아비가 독사에게 물려 죽은 다음부터 지옥이 시작되었다. 주인이 어미에게 밥값을 하라고 닦달하여 거의 매일처럼 밤 새워 베를 짜게 하였고, 어미는 자식들을 굶기지 않기 위해 그야말로 죽도록 일해야만 했다.

게다가 주인이 어미의 몸을 탐했다. 주인이 게슴츠레한 눈으로 방에 들어오면 그는 어린 여동생을 업고 나가야만 했다. 춥다고 칭얼대는 여동생을 달래며 주인이 어서 볼일을 마치고 나가기만을 기다렸다. 그런 일이 반복되자 여동생이 병에 걸리고 말았다. 제대로 먹지도 못한 어린 여동생은 빠르게 숨을 놓았다. 어린 딸을 잃은 어미는 그만 미쳐 버렸다. 베개를 안고 다니면서 젖을 먹이며 해매이다 약간 정신이 들면 주인에게 달려가 몸을 바칠 테니 제발 의원을 불러달라며 치마를 풀어헤치기도 했다. 미쳤든 늙었든 일을 하지 못하는 노비는 필요 없었다. 내쫓긴 어미가 마을 어귀의 당산나무에 목을 맨 시체로 발견되었을 때 그는 너무나 분노한 나머지 눈물조차 나오지 않았다. 주인댁에 불을 싸지르려고 하다가 들키는 바람에 복수는커녕, 목숨이 경각에 달렸다. 개를 때려잡을 때처럼 꽁꽁 묶어 개울로 끌고나간 주인이 몽둥이를 치켜드는 순간 마빡에 화살이 박혔다. 느닷없이 쳐들어 온 왜구들이 마을을 불사르고 철수할 때 그는 주저 없이 왜구들의 배에 올랐다. 그때 무명의 나이 열두 살이었다.

제 발로 왜구의 소굴에 들어간 그는 다행스럽게도 노예로 팔리지 않았다. 왜구 두목이 관심을 가지고 지켜보았던 덕택이었다는 것은 나중에 알게 되었다. 2년 정도 허드렛일을 하면서 그들의 말을 배운 다음 왜구가 되게 해달라고 하자 '처형을 맡아야 한다'는 조건이 붙었다. 그때 동료를 죽이고 달아나려다가 붙잡힌 자가 있었다. 그자를 처형하면 정식으로 받아주겠다고 하였는데, 문제는 신체가 구속되지 않은 사형수를 맨손으로 처형해야 한다는 것이었다. 왜구중에서도 악명을 떨친 자와 사람을 죽여보기는커녕 칼조차 잡아본 적이 없는 열네 살 소년의 승부는 너무나 뻔했지만 그는 조건에 응했다.

그날 밤 왜구들이 둘러선 가운데 처형식이 벌어졌다. 모두의 예상대로 사형수와 집행인의 역할이 완전히 뒤바뀌었다. 일방적으로 때린 사형수가 그를 올라타고 목을 졸랐다. 정신이 아뜩해지는 순간 얼결에 사형수의 새끼손가락을 비틀어 부러뜨렸다. 놈이 움찔해서 팔을 빼려는데 이번에는 팔뚝을 붙잡아 물어뜯었다. 놈이 비명을 지르며 뿌리치면서 등짝을 내리치고 배를 걷어차도 결코 놓지 않았다. 견디다 못한 놈이 뒷걸음치다 돌부리에 걸려 넘어지자 올라탄 다음 돌멩이를 집어 들고 머리를 찍어버렸다. 정신을 차려보니 이미 처형은 끝나 있었다.

정식으로 왜구가 된 그는 빠르게 성장했다. 중국과 고려를 침범할 때마다 앞장서고 불만이 있는 자들을 도맡아 처형하는 그를 두목이 크게 신임했다. 그러다가 구역을 다투던 다른 왜구들과의 전쟁에서 상대의 두목을 벤 다음에는 후계자로까지 거론될 정도였다. 그 공으로 별도의 부대를 가지게 된 다음부터는 거칠 것이 없었다. 고려든 중국이든 부자가 잡히면 산채로 갈기갈기 찢어 죽이고 가족들까지 회를 떠버리는 그는 왜구 사회에서도 살인귀로 통했다.

"인육人肉은 물론, 간과 심장을 꺼내 먹기도 여러 차례였소. 그렇게 지내다보니 어느 날 두목이 되어 있더군."

두목이 되었다는 것은 더욱 많은 살육을 즐길 수 있다는 의미였다. 고려를 휩쓸던 그는 어느 날 최영과 격돌하게 되었다. 최영에게 참패한 왜구들이 거미새끼처럼 흩어졌다. 그날 적지 않은 부상을 당한데다 허벅지에 화살까지 맞고 낙오하게 되었다. 어떻게든 살기 위해 비척이며 필사적으로 걷다가 그만 정신을 잃고 말았다. 깨어나 보니 웬 동굴에 누워 있었다.

"거기서 선사를 만나게 된 것입니까?"

"그렇습니다. 선사께서는 아무 말 없이 저를 먹이고 치료하셨습니다. 잡아 죽여도 시원치 않은 왜구를 자식처럼 돌보는 선사를 보고 처음에는 정신이 온전치 않은 줄로만 알았습니다. 아무렴 어떻습니까? 몸이 회복되면 기회를 보아 죽여 버린 다음 탈출하려고 했었지요. 본래 고려 사람이었으니까 옷만 바꿔 입으면 의심을 사지 않을 테니 바닷가로 가서 쪽배를 훔쳐 타고 어렵지 않게 돌아갈 수 있다고 생각했었습니다. 그런데 이상하게도 마음이 편해졌습니다. 정말 알 수 없는 일이었지요."

스스로를 인간이 가지 말아야 할 곳과 인간이 가서는 안 될 곳으로 밀어 넣은 그는 다시 돌아올 수 없다고 여겼다. 그 절망감이 다시 살육을 부르는 악순환에서 죽을 때까지 벗어날 수 없다고 포기한 지 이미 오래였는데, 선사의 보살핌을 받는 동안 서서히 인간으로 돌아오게 된 것이다. 그가 완전히 회복되자 선사는 그를 데리고 동굴을 떠나 세상을 주유했다. 세상은 너무나 아름다웠다. 보이고 느껴지는 모든 것이 가치 있는 삶에 충만했으며 무심히 딛고선 땅과 마시는 공기마저도 예전과는 너무나 달랐다. 몇 년을 수행하여 다시 인간이 될 수 있었지만 새로운 절망에 함몰되었다.

"이렇게 아름다운 삶을 무참히 파괴했던 제 자신을 용서할 수 없었습니다. 나 같은 살인귀는 살아갈 자격이 없다고 확신하게 되었던 것입니다."

그때 선사는 굳이 만류하거나 타이르지 않았다. 모든 것을 그에게 맡기고 속세와 일상의 흐름에서

도를 구하는 수행을 계속할 따름이었다. 칼을 목에 대고 옆으로 그으려던 어느 날 새벽, 마침내 그는 도를 깨달았다. 선사가 다른 제자들을 불러 모아 크게 칭찬하였으며, 그때야 비로소 선사가 누구며 자신이 어디에 속해 있는지 알게 되었던 것이다.

"선사께서는 소승이 할 일을 정해 주시고 열반에 드셨습니다. 이제 그것을 이루려 하니 시주께서는 소승을 따라 나가셔야 합니다. 진정한 행자行者는 세속의 가운데에 있어야 하는 법이 아니겠습니까?"

"그렇습니다. 저 분을 따라 가십시오."

갑자기 무학이 나타났다.

"제가 왜 저 사람을 따라가야 합니까?"

"백성을 위해서입니다."

무학이 간절하게 말했다.

"도탄에 빠진 백성을 구하는 길은 새로운 나라가 일어서는 것밖에는 없습니다. 나라가 바로 서서 백성을 잘 건사하기 위해서는 무엇보다도 도성이 든든해야 하는 법인데, 새로운 나라의 도성과 궁궐은 제일의 도편수인 시주가 지어야 하지 않겠습니까? 그러나 그동안 시주가 겪었던 번뇌가 너무 크고 무거워 참으로 안타깝습니다. 저 분을 따라 수행하여 번뇌를 떨치고 마음을 정하신 연후 돌아와 공사에 착수해 주시기 바랍니다."

"하하하! 명색이나마 고려의 왕자인 내가 반역자를 위해 도성을 지을 수 있겠습니까? 개인적으로도 이성계는 나의 아내를 죽였고 부친처럼 모셨던 최영 장군님을 반역자로 몰아 죽인 원수입니다! 원수를 위해 일할 수는 없습니다."

"모든 것은 시주에게 달려 있습니다. 돌아오실 때를 기다릴 테니 어서 수행에 드시기 바랍니다."

"좋습니다. 한 번 더 속아 보도록 하지요. 그러나 이번에도 아무런 결과를 얻지 못하면 그때는 스스로 목숨을 끊어버릴 따름입니다."

여달이 무명을 따라 회암사를 나갔다. 무학이 간절히 합장하여 배웅했다.

우왕 4년(1392), 해주海州에 살벌한 무사들이 나타났다. 3월의 나른함을 순식간에 밀어낸 그들은 이성계를 호위하는 무사들이었다. 명나라에 갔던 세자가 돌아옴에 따라 이성계가 직접 마중하러 나섰는데, 세자의 마중보다는 사냥에 더 큰 목적이 있었다. 머지않아 공양왕을 폐하고 이성계가 즉위할 것이라는 소문이 파다하여 세자는 거의 존재감이 없었지만, 마지막이 닥칠 때까지는 예우할 필요가 있었다. 심복들이 사냥할 준비를 갖추는데 이성계의 표정이 그리 흔쾌하지 않았다. 작년에 죽은 한씨가 떠오른 때문이었다. 자리에서 일어나지 못하던 한씨는 작년에 그예 숨을 놓고 말았다. 사십 년 전 꽃다운 나이로 시집와서 6남2녀를 낳아주고 함께 살아왔던 한씨는 정말 좋은 아내였다. 있는지도 모르게 내조하였고 아무리 어려워도 내색하지 않고 꿋꿋이 살아왔던 한씨는 목숨을 내놓고 겨루는 살벌한 놀음을 견디지 못했다.

한씨는 죽어가면서도 부담이 되지 않으려 했다. 그만큼 했으면 죽을 때까지라도 곁에 있어 달라고 투정할 만도 하련만, 한씨는 마지막까지 남편을 찾지 않았다. 궁궐에서 한참 업무를 처결하다 아내가 임종했다는 전갈을 받았을 때는 그만 털썩 주저앉을 것만 같았다. 황망히 귀가하여 싸늘하게 식어버린 시신을 부여안고 통곡했지만 아내는 눈을 뜨지 않았다. 밤늦게 돌아와도 반가이 맞아주고 아침마다 따뜻한 밥상을 차려주던 아내가 죽었다는 것은 진정으로 받아들이기 어려웠다. 그제야 아내의 비중을 뼈저리게 절감했지만 사랑하는 아내는 돌아오지 않는 길을 떠난 다음이었다.

아내를 잃은 슬픔에서 미처 헤어나기도 전에 이원계가 자결하고 말았다. 고려를 배반한 자신을 용납하지 못하고 끝내 죽음을 선택한 형은 이성계를 절망하게 만들었다. 단검을 목에 꽂은 이원계가 꿈에 나타나 아무리 그래봐야 너는 반역자에 불과한 놈이라고 꾸짖을 때마다 비명을 지르며 깨어나기 일쑤였다. 그런 날은 번민에 빠져 다시 잠들지 못했다. 이럴 바에는 고려로 돌아오지 말았어야 했다고 후회했지만 이미 엎질러진 물이었다. 이성계도 3년 뒤에는 환갑이 아닌가. 가장 가까운 사람들이 죽어가고 자신 역시 죽음을 준비해야 할 나이에 접어들다 보니 매사에 의욕이 없고 피곤하기만 했다. 세자를 맞이하는 것을 핑계대어 밖으로 나오면 숨통이 트일까 했는데 별로 다를 것도 없었다.

푸석푸석한 시체를 조심스레 수습한 여달이 그것을 불에 던졌다. 사람이었던 것의 부스러기가 불속에서 금방 사그라졌다. 작년 겨울에 얼어 죽었거나 굶어 죽은 시체가 가끔씩 눈에 띄었는데, 무명은 시체에서 병마가 생기면 큰일 날 것이라며 보는 대로 태웠다. 그것 때문에 행보가 무척 더뎠지만 여달이 보기에는 애초부터 수행과는 거리가 멀었다. 무명은 언제나 어려운 자들과 함께 했다. 부모 잃은 아이들을 거둬 먹인 다음 아이 없는 집에 데려다 주었으며, 홀로 죽어가는 자들을 대소변까지 받아내며 보살폈다. 심지어는 문둥이들과도 서슴없이 어울렸으며 역병疫病이 든 마을로 들어가 환자들을 구완하기까지 했다. 죽을 각오를 다진 여달이 아니었다면 동참하기 어려운 선행이었다. 여달도 예전에 활불을 조직하여 어렵고 가난한 자들을 도운 적이 있었지만 그것과는 아예 차원이 달랐다. 가진 것을 베푸는 것이 아니라 모든 것을 평등하게 나누는 진정한 형태의 봉사에 크게 감명되었지만 굳게 빗장 질린 여달의 가슴은 조금도 열릴 기미가 없었다.

사냥터를 경비하던 박위의 수하들이 크게 놀랐다. 급격히 다가오는 침입자는 온몸이 피투성이였다. 심상치 않다고 판단한 박위가 활을 쏘라고 명령하려는 순간, 침입자가 크게 외쳤다.

"나는 대궐을 지키는 위사다! 개경에 반란이 발생

하여 궁궐이 위태롭다! 속히 도총제사都摠制使 대감께 알려야 한다!"

일단 정지시켜 확인하니 예전에 크게 다툴 뻔했던 위사였다. 박위가 당장이라도 숨이 넘어갈 것 같은 위사의 무장을 해제시킨 다음 이성계에게 데리고 갔다. 물 한 그릇을 청해 마신 위사의 보고에 이성계가 크게 놀랐다.

"개경에 반란이 발생했다고 하였느냐? 대체 어떤 놈들이냐?"

"간밤에 개경을 범접한 놈들의 정체를 알 수 없으나 곳곳에서 접전이 벌어지고 궁궐까지 쳐들어 온 것으로 보아 반란이 분명합니다! 도총제사 대감께서는 속히 돌아가 전하와 조정을 구하시옵소서!"

위사가 전한 급보에 사냥터가 발칵 뒤집혔다. 이성계가 다시 물어보려는데 위사의 팔이 번개같이 움직였다. 이성계가 반사적으로 피하는 순간 어깨에 날카롭고 화끈한 것이 틀어박혔다. 옷섶에 감춘 단검을 날린 위사가 옆에 있던 무사의 칼을 빼앗아 이성계에게 달려들었다. 이성계는 피하지 못하고 '어어' 소리만 지르며 목을 노리고 찔러드는 칼끝만 바라볼 뿐이었다. 위사의 칼이 목에 닿을 순간 조영규가 몸을 날려 위사와 충돌했다. 옆으로 나뒹군 위사가 튕기듯 벌떡 일어섰다.

"저놈을 생포하라! 반드시 배후가 있을 것이다!"

배극렴裵克廉의 외침에 무사들이 덤벼들었다. 순식간에 포위당했지만 위사는 조금도 두려워하지 않았다. 위사가 영혼을 쥐어짜는 것 같은 함성을 지르며 격돌했다. 하얀 번개가 작렬할 때마다 무사들이 추풍낙엽처럼 쓰러졌다. 고르고 고른 이성계의 무사들이 누구도 세 합 이상을 버티지 못했다. 입이 딱 벌어지는 무서운 검술에 생포명령이 척살刺殺명령으로 바뀌었지만 상황은 그리 달라지지 않았다. 온몸을 피로 목욕한 것 같은 위사가 가로 막는 무사들을 베어 넘기며 이성계에게 한 걸음씩 다가들었다.

"궁수弓手들은 무엇 하는 게냐!"

배극렴의 질타에 화살이 쏟아졌다. 여러 대의 화살을 맞았어도 위사의 기세는 꺾이지 않았다. 오히려 한층 더 흉맹한 기세로 톱처럼 변해버린 칼을 휘두르며 달려들었다. 배극렴이 던진 장창에 가슴을 관통당하고서야 악귀 같은 위사가 멈췄다. 입에서 피를 콸콸 쏟는 위사가 멍한 눈으로 개경 쪽을 바라보다가 털썩 쓰러지고 말았다.

"너를 시킨 놈이 누구냐!"

배극렴이 칼을 걷어차고 호통쳤다. 위사는 대답하지 않았다. 자신에게 죽을 기회를 준 정몽주에게 깊이 감사한 무사가 마지막 숨을 몰아쉬었다.

"이런! 극독을 발랐습니다!"

배극렴이 안타깝게 말했다. 위사가 던진 단검을 맞은 곳이 시커멓게 변했다. 살점을 도려내고 피를 빨아냈지만 이성계는 그만 정신이 혼미해졌다.

"전하! 함부로 왕을 폐하고 죽이기까지 한 무도한 자들을 어찌 그냥 둘 수 있겠나이까? 종사와 사직의 안위를 위해서는 속히 결단을 내리셔야 할 것이옵니다!"

마침내 정몽주가 칼을 뽑았다. 안타깝게도 이성계가 죽지 않았지만 해주에 머문 지 달포가 지났음에도 돌아오지 않자 상세傷勢가 대단히 심한 것으로 판단하고 전면적 공세에 나선 것이다. 이성계를 제거해야 살아남을 수 있는 공양왕은 정몽주 일파의 주청을 받아들여 이성계의 심복들인 정도전과 조준, 남은 등을 파직하고 유배에 처했다. 본래대로 하면 모조리 죽여야 마땅했지만 아직 이성계가 살아 있는데다 병권을 장악하지 못했기 때문에 일단 그 정도로 처리한 것이었다. 앞으로 이성계가 죽는다거나 정몽주 일파가 병권을 장악하게 된다면 한바탕 피바람이 몰아치게 될 게 분명했다.

산사山寺의 새벽은 신선하고 정결했다. 바람이 불 때마다 풍경이 맑게 울리고 목어木魚 두드리는 박자가 깔끔하게 허공에 휘날렸다. 목어의 두드림에 무작위로 떨어지는 풍경의 화음이 너무나 절묘했다. 여달은 홀린 듯이 그 소리에 잠겼다. 전생과 현생, 이생을 삼생三生이라 하며 풍경과 목어는 삼생의 짐승과 물고기를 달래는 도구라고 하였던가. 짐승과 물고기도 불타의 제도를 받거늘 하물며 사람으로 태어나 어찌 귀의하지 못한다는 말인가. 묵묵히 새벽을 바라보던 여달이 무릎 꿇어 절했다. 회암사를 나온 다음부터 하루도 끊이지 않은 일백팔배一百八拜禮였다. 일백팔배를 마칠 무렵 새벽 예불이 끝났다. 또 하루를 정진하기 위해 줄을 지어 자신의 거처로 돌아가는 승려들이 그렇게 부러울 수 없었다. 당장이라도 머리를 깎고 출가하여 그들의 대열에 동참하고 싶었다.

"원하는 대로 하십시오."

무명이 말했다. 거짓을 말하거나 위선적인 행동을 전혀 하지 않았던 지금까지의 경과로 보아 그냥 하는 말은 아니었다.

"출가하고 싶으면 얼마든지 그렇게 하십시오. 말리거나 방해하지 않겠습니다."

아무리 보아도 떠보거나 시험하는 것 같지 않았다. 하마터면 상좌에게로 달려갈 뻔했던 것을 겨우 참았다. 여기서 출가하는 것은 패배를 의미했다. 운명과 승부를 벌이고 스스로 죽음을 선택하려던 각오를 꺾을 수 없었다.

이성계가 돌아오자 개경이 아연 긴장했다. 위사가 던진 독검을 맞고 위험한 고비를 몇 차례나 넘긴 다음 거동할 수 있게 되자 서둘러 돌아왔지만 상황이 그리 여의치 않았다. 정도전과 조준 등의 심복들이 유배당한데다, 하필이면 무학도 행방이 묘연하여 위기를 타개할 사람이 없었기 때문이었다. 이성계가 돌아왔어도 정도전 등의 유배가 풀리지 않는 것은 이번 기회를 이용하여 어떻게든 살아남기를 바라는 공양왕의 뜻이 반영된 것으로 보아야 했다. 몸을 제대로 쓰지 못하여 입궐하기도 어렵지만 약한 모습을 보였다가는 자칫 돌이킬 수 없는 위기를 자초할 수 있었다. 또한 이런 상황에서 섣불리 심복들의 유배를 풀어달라고 주청했다가 퇴짜를 맞는 날에는 근근이 유지되는 균형이 깨질 우려가 컸다. 생각하면 할수록 정몽주가 괘씸했어도 당장 어떻게 손을 쓸 도리가 없었다.

"여기는 어인 일이십니까?"

이방원이 살기 띤 눈으로 정몽주를 바라보며 말했다. 언제 적이 쳐들어올지 모르는 상황이라 사병들이 자택을 완전히 둘러싸고 삼엄하게 경계하고 있는데, 놀랍게도 정몽주가 찾아온 것이었다.

"자네 부친께서 낙상落傷하셨다는 말을 듣고 어찌 가만히 있을 수 있겠는가? 문병을 왔으니 어서 안내하게나."

정몽주가 일을 꾸몄다는 것을 다 알고 있는데도 이렇게 당당하게 문병을 왔으니 어안이 벙벙할 지경이었다. 잠시 후 이방원에게 안내된 정몽주가 이성계를 만났다.

"전하께서도 크게 걱정하고 계십니다."

“전하께 황공하다고 상언上言해 주시오.”

“그리 하겠으니 아무런 걱정 마시고 치료에 전념하시지요.”

이런저런 말이 오가다가 정몽주가 자리에서 일어나 작별을 고했다. 정몽주는 이성계가 자신을 잃어가고 있다고 확신했다. 이 정도라면 내일 당장 정도전 등에게 사약을 내리고 무학을 찾아내 베어버려도 무방할 것 같았다. 그들을 제거하면 이성계는 그리 두렵지 않았다. 전왕들을 폐하고 죽인 것을 명분으로 삼아 금군禁軍을 동원하면 투지를 상실한 이성계의 사병들은 어렵지 않게 격파할 수 있을 것 같았다. 사병 없는 이성계가 무엇이 두렵겠는가. 이성계를 잡아 죽이면 이성계의 세력 기반인 동북면을 평정하는 것도 시간문제일 테니 호랑이 굴에 들어와 정탐한 성과가 충분하고도 넘칠 지경이었다. 기쁜 표정을 애써 감추고 대문으로 향하는 정몽주의 앞을 이방원이 막아섰다.

“뭔가?”

“고려 제일의 학식으로 칭송이 자자한 포은 선생께 한 글자 배우고 싶습니다만.”

한 마디로 가소로웠다. 이제 스물다섯으로 제법

성취가 있다고 하지만 정몽주가 보기에는 아비 잘 만나 날뛰는 망나니에 지나지 않았다. 그냥 무시하고 나갈까 하다가 어떻게 노는지 보자는 심정에서 인근의 거처로 따라갔다. 정몽주가 좌정하자 술상이 들어왔다. 술을 몇 잔 따른 다음 이방원이 지필묵을 가져오게 하여 몇 글자 휘갈겼다.

「此亦何如, 彼亦何如, 城隍堂後垣, 頹落亦何如, 我輩若此爲, 不死亦何如」

그 시조를 본 정몽주는 하마터면 따귀를 올려붙일 뻔했다. 천하의 정몽주에게 도전하겠다는 자체가 크게 불경한 일인데, 그래도 대과에 급제했다는 놈이 어찌 이리 천박할 수 있다는 말인가. 새파란 젊은 놈이 사람을 어떻게 보고 이따위 수작을 부리느냐고 호통을 치려다 겨우 참았다. 이런 놈과 다퉈봐야 이름만 더럽힐 게 뻔했다. 이성계를 친 다음 따끔하게 버릇을 가르치리라 생각했다. 여하튼 글로 의중을 떠보았으니 글로 대답해주어야 했다.

「此身死了死了, 一百番更死了, 白骨爲塵土, 魂魄有也無, 向主一片丹心, 寧有改理與之.」

이 시조를 본 이방원은 벌어진 입을 다물지 못했다. 정몽주가 찬바람을 일으키고 나간 다음 이방원의 눈이 표독하게 빛났다.

몇 잔 마신 술이 얼근하게 올랐다. 아마 긴장이 풀어진 탓이리라. 견마를 잡은 종자從者가 취한 주인이 떨어지지 않도록 조심하여 말을 몰았다. 내일 벌어질 일을 상상하며 기분 좋게 웃다보니 선죽교善竹橋가 바로 지척이었다.

"서라!"

누군가가 정몽주를 급박하게 쫓아왔다. 조영규와 무사 몇 명이 살기등등하게 쫓아오는 것이 보였다. 기겁한 종자가 말을 재촉했지만 순식간에 따라잡혔다. 무사의 칼에 종자가 피를 뿜으며 쓰러졌다. 조영규의 철퇴가 말 대가리를 박살내자 정몽주가 낙마했다. 비틀거리며 일어서려던 정몽주의 머리에 철퇴가 떨어졌다. 고려의 칼 최영의 뒤를 이어 고려의 정신 정몽주마저 죽었다. 선죽교에 피와 뇌수를 뿌리고 쓰러진 정몽주의 시신은 고려의 시신이기도 했다. 왕건王建이 개국하여 37대 474년을 버틴 고려가 마침내 최후를 맞은 것이었다.

그해 7월 17일, 이성계가 수창궁壽昌宮에서 즉위했다. 공양왕에게 양위讓位 받는 형식을 취하여 고려왕으로 즉위한 이성계는 이듬 해 3월에 명나라로부터 조선朝鮮의 국호를 받아 정식으로 승인되었다. 비록 전쟁을 통하지 않고 역성혁명易姓革命의 기치를 세우기는 하였으나 나라가 바뀌는 격변기에 어찌 희생이 없었겠는가. 이성계와 개국공신開國功臣들이 딛고 선 조선의 토양 아래에는 처참하게 죽어간 고려와 충신들의 시체가 매장되어 있었다.

뻐꾸기 새끼

조선 태조 2년(1393), 개경의 산자락에서 뻐꾸기가 울었다. 뻐꾸기는 고려 시대나 조선 시대나 똑같이 처량하고 궁상맞았다. 이방우는 뻐꾸기 소리를 안주 삼아 소주燒酒를 마셨다. 조선이 들어서기 전에 사퇴하고 칩거한 이방우는 늘 술을 마시고 살았다. 이성계의 장남으로서 진안군鎭安君으로 봉해졌지만 독한 술을 마음껏 마실 수 있다는 것 외에 다른 의미를 두려고 하지 않았다. 불 냄새가 펄펄 풍기는 독한 소주에 취하면 세상과 구획될 수 있었다.

"네가 웬일이냐?"

갑자기 찾아온 이방원을 의아하게 바라보던 이방우가 일단 자리를 권했다.

"형님, 술을 줄이시는 것이 좋겠습니다."

"몇 달 만에 찾아와서는 겨우 그런 소리냐? 그런 말을 하려거든 돌아가거라!"

이방우가 크게 역정을 냈다. 이방원이 얼른 사과

하고 술을 따르자 더 이상 뭐라고 하지 않았다.

“다른 뜻이 있어서 그런 것은 아닙니다. 장차 보위를 물려받으셔야 할…….”

“술맛 떨어지는 소리 그만 두거라!”

이방우가 지겹다는 듯 팔을 휘휘 내저었다.

“왕은 아무나 되는 줄 아느냐? 나는 애당초 실격인 사람인데다 그리 오래 살지도 못할 것이다. 올해나 넘기면 다행인 사람에게 보위는 너무나도 어울리지 않는다.”

“형님의 생각이 정 그러시다면 세손世孫으로 보위를 물리시면 되지 않겠습니까?”

이방원은 이방우의 아들들에게 보위를 물리는 것을 제안했다. 이방우는 복근李福과 덕근德根 형제를 두었는데, 장남 복근을 세손으로 삼아 보위를 물려받게 하자는 이방원의 제안은 장자상속의 명분이 충분했다. 그러나 이방우는 아예 도리질을 쳤다.

“말은 고맙다만 고려의 신하로서는 도저히 받아들일 수 없다. 아버지가 실력으로 나라를 차지했으니 자식들 가운데 실력 있는 자가 실력으로 물려받으면 그만인 것을 가지고 왜 그리 떠드는지 모르겠구나.”

그 말에 이방원의 눈이 번득 빛을 뿜었다. 이방원

이 보기에도 이방우는 왕이 될 인물이 아니었다. 자신의 말처럼 아무래도 올해를 넘기기 어려워 보였는데, 그렇다고 해도 장남인 만큼 일단 세자로 책봉하는 것이 순서였다. 그래야 이방우가 죽더라도 아들을 세손으로 책봉하여 장자상속의 명분을 세울 수 있었는데, 아직까지 세자 책봉이 논의되지 않았다는 것은 그냥 넘길 일이 아니었다.

"뻔한 것 아니냐? 왕비의 아들이 있으니까 망설이는 게지."

이방우의 말은 설득력이 전혀 없지 않았다. 그들의 모친 한씨는 조선이 개국되기 전에 죽은 데다 집안이 한미한 반면, 강씨는 왕비에 책봉되고 집안이 강대하지 않은가. 강씨가 자신의 아들인 이방번과 이방석을 세자로 책봉할 야심을 가지기에 충분한 환경이었다. 건국에 공이 큰 이방원은 물론, 한씨 소생의 왕자들이 한 명도 공신에 책봉되지 못한 것도 그들을 경계한 강씨가 사주한 결과일 확률이 컸다.

"걱정할 것 없다. 네가 먼저 칼을 뽑아 그것들을 죽여 버리고 왕위에 오르면 그만일 테니까."

"무, 무슨 말씀을 하십니까?"

천하에 담대한 이방원도 크게 놀랐다. 이방우를

세자로 책봉하지 않는 것은 이방원에게도 기회가 될 수 있었다. 이방우가 세자로 책봉되거나 아들이 세손이 되면 손을 쓸 명분 자체가 없었다. 강씨의 태도를 주시하면서 기회를 엿보려고 했는데, 이방우가 자신의 아들을 세손으로 삼을 욕심이 없는지 알아보러 왔다가 오히려 완벽하게 속셈을 간파 당했으니 어찌 놀라지 않겠는가. 이방원이 자신의 큰형을 다시 바라보았다. 야릇한 광채가 일렁이는 이방우의 눈을 보노라니 절로 소름이 끼쳤다.

"뻐꾸기 말이다……."

갑자기 이방우가 뜬금없는 말을 꺼냈다. 눈이 오래 된 달걀처럼 풀어진 것이 다시 주정뱅이로 돌아간 모양이었다.

"뻐꾸기는 남의 둥지에 알을 낳는다. 그것이 깨어나 다른 알들을 밀어내면 미련한 새들은 뻐꾸기 새끼를 자신의 새끼로 알고 키우더구나. 자기 새끼들을 죄다 죽인 원수를 새끼로 알고 기르는 새들이 참으로 미욱하다 여겼는데, 사람이 그럴 줄은 어찌 알았겠느냐?"

"그게 무슨 말씀이십니까?"

"뻐꾸기 새끼들에게 둥지를 빼앗기지 말란 말이

다.”

전혀 이해하지 못할 말을 뱉은 이방우가 축객령逐客領을 내렸다.

회귀

"하루라도 빨리 천도해야 하거늘 왕사께서 왜 이리 발목을 잡는단 말이오!"

신료들이 모인 빈청에서 정도전이 불만을 터뜨렸다. 새로운 나라를 세웠으니 천도하는 것은 지극히 당연했다. 적의와 증오로 충만한 개경을 떠나 새로운 도읍으로 옮기면 개경을 중심으로 번성했던 자들의 세력을 꺾을 수 있다. 조선을 상징하는 궁궐과 도성을 세워야 새롭게 출발하는 기분이 들 것이며 명나라의 사신을 맞아도 체통이 설 텐데, 어쩐 일인지 무학이 줄기차게 발목을 잡았다.

"예전에는 계룡산으로 천도해야 한다고 주장하여 속을 뒤집지 않았습니까! 이번에는 인왕을 진산鎭山으로 삼아야 한다고 고집하고 있으니 어찌 분통이 터지지 않겠소?"

이미 예전에 도선 국사가 한양에 왕기가 있으니 그곳으로 도성을 삼아야 할 것이라고 주장하지 않았던가. 설령 그렇지 않더라도 같은 승려의 입장에서는 당연히 도선의 비기秘記를 따라야 할 텐데 무학은 계속 계룡산을 고집하여 허송세월을 보내게 만들었다. 간신히 한양으로 도읍을 정하고 한성漢城으로 개칭했더니 이번에는 북악을 진산으로 하자는 정도전에게 인왕을 진산으로 삼아야 한다고 반대하는 바람에 계속 지지부진하게 하는 것이 아닌가. 그것뿐이 아니었다. 북악과 마주보는 관악이 화산火山이라 주장하여 화재와 우환이 끊이지 않을 것이라며 물고 늘어지는 바람에 절로 골치가 지끈거릴 지경이었다.

"생각들 해보시오. 군주가 북쪽에 좌정하여 남쪽을 바라보게 되어 있는 것처럼 궁궐 역시 남향南向해야 한다는 것은 상식에 가깝지 않습니까? 그럼에도 불구하고 동향東向인 인왕을 진산으로 하고 북악과 남산을 좌청룡우백호左青龍右白虎로 삼겠다는 것이 말이나 된답니까? 제 말이 틀리면 말씀들을 해보세요!"

"왕사께서는 삼봉의 처신에 불만이 있는 것 같소만."

들다 못한 조준이 나섰다.

"그건 무슨 말씀이오?"

"삼봉이 불교를 너무 가혹하게 탄압하니까 하는 말입니다."

이성계가 회군하여 이색과 조민수를 제거하고 실권을 잡은 이후부터 정도전이 일련의 개혁작업에 착수했는데, 대표적인 것이 토지개혁이었다. 고려의 전정이 너무 문란하다보니 세력자들이 백성의 토지를 빼앗고 노비로 전락시키는 일이 비일비재하여 큰 원성을 사게 되었다. 정도전은 세력자들을 꺾고 민심도 얻을 목적에서 토지를 국유화한 다음 민호民戶에게 분배하는 정책을 취했다. 노비에서 해방되고 경작할 땅을 얻게 된 자들은 크게 환영하였으나, 문제는 사찰이 큰 피해를 당하게 되었다는 점이었다. 당시는 사찰이 거대화하여 국토와 노비의 반 이상을 소유할 정도였는데, 불교를 극도로 증오한 정도전이 사찰을 개혁 대상에 포함시키자 일대 혼란이 벌어졌다. 새롭게 세력을 형성한 자들이 몰수한 사찰의 토지와 노비에 눈독을 들이고 달려들었다. 사찰의 재산은 먼저 보는 자가 임자라는 말이 돌 정도로 극렬한 쟁탈전이 벌어지고 무수한 사찰이 몰락하고 말았다. 게다가 생계수단이 사라져 고통을 겪는 승려들에게 갖은 철퇴를 가했으니 무학이 정도전에게 서운한 감정을 가지는 것은 당연할 수 있었다.

"그렇다고 해도 그럴 분이 아니신데……."

남은이 말끝을 흐렸다. 그들로서는 정녕 이해할 수 없는 일이었다.

태조 4년(1395) 8월 19일, 무학이 이성계를 찾았다.

"얼마나 기다려야 합니까?"

"여달은 머지않아 돌아올 것입니다, 전하."

무학이 말했지만 이성계는 그리 탐탁한 기색이 아니었다.

"작년에 궁성의 공사가 시작되고 조만간 천도하게 된다는 것은 왕사께서도 잘 아시는 일이 아닙니까? 그런즉 더 이상 여유가 없습니다. 또한 여달이가 돌아온다고 해도 일하기를 거부한다면 어떻게 하시겠습니까?"

"전하, 절대 그렇지 않을 것이니 열흘만 더 여유를 주십시오. 모든 것은 소승이 책임지겠나이다."

"그렇게 하지요. 그리고 왕사께서 책임질 필요는 없습니다."

여달이 돌아오지 않으면 다른 도편수들에게 맡기면 그만이고, 돌아온다고 해도 명령에 따르지 않으면 가차 없이 참살해 버릴 작정이었다. 왕이 지금까지 기다려준 것만 해도 많이 참은 셈이었다.

밥 짓는 냄새처럼 찰지고 푸근한 바람이 은은하게 퍼지고 포근한 질감의 양광陽光이 곳곳에 충만했다. 만져질 듯 진한 공기에는 생기가 그득했으며 보이는 모든 것이 푸르게 숨 쉬었다. 딛고 선 땅에서도 맥동脈動이 느껴지는 이곳은 처음 와 보는데도 이상하게 낯설지 않았다. 저 앞에서 돌을 쪼는 석공이 보였다. 가볍게 쪼아도 큰 뭉텅이가 떨어지고 거친 돌덩이를 순식간에 아름다운 작품으로 변환시키는 재주에 절로 탄성이 커졌다. 여달은 그가 누군지 알 것 같았다.

"아사달님, 처음 뵙겠습니다."

석가탑을 완성한 불세출의 석공이 여달을 반갑게 맞았다. 아름답기 짝이 없는 아사녀가 차를 끓여왔다. 차에서도 그들의 지순한 사랑의 향기가 은은히 풍겨나는 것 같았다. 잠시 망설이던 여달이 오랜 의문을 꺼내려는데 아사달이 먼저 말했다.

"백제의 석공이 무엇 때문에 신라를 위해 다보탑

과 석가탑을 만들었는지 궁금하신 겁니까?"

여달이 고개를 끄덕이자 아사달이 그를 어디론가 데려갔다. 잠시 후 나타난 것은 하늘 끝에 닿을 것 같은 거대한 목탑木塔이었다. 비할 데 없이 웅장하고 화려하며 장엄하고 기이하다고밖에 달리 표현할 길 없는 목탑은 신라의 거찰 황룡사黃龍寺의 상징인 구층 목탑이었다. 절세絕世 걸작의 건설을 지휘하고 있는 사람은 바로 아비지阿非知, 여달이 가장 존경하는 도편수이기도 했다. 여달이 감격에 떨며 인사를 드리자 아비지가 자애롭게 맞아주었다.

"내가 신라의 자장율사慈裝律師에게 초빙을 받아 이 탑을 지을 때가 신라의 선덕여왕善德女王 때였다는 것은 익히 알려진 사실이오. 처음 조감도鳥瞰圖를 보았을 때는 그만 심장이 멎는 것 같았소. 이 탑을 세울 수만 있다면 죽어도 좋다고까지 생각했었으니까."

아비지가 탑의 건설을 중단하게 된 것은 탑이 완성되면 백제가 멸망할 것이라는 소문을 들었기 때문이다. 충분히 그럴 수 있다고 판단한 아비지가 건설을 중단하고 돌아가려 했다. 그때 자장율사는 굳이 만류하지 않았다. 그냥 미완성으로 남겨둘 테니 마음이 바뀌면 언제든지 다시 와서 완공하라고 말했을 따름이었다. 그때 아비지는 치열하게 갈등했다. 며칠 사이에 오랜 고행을 한 것처럼 온몸의 뼈가 앙상하게 드러날 지경이었다.

"내가 다시 일하게 된 것은 목수된 자의 의무를 저버릴 수 없다는 간단한 깨달음 때문이었소. 당신도 잘 알겠지만 작품에는 아무런 잘못이 없습니다. 나쁜 것은 장인들을 이용하려는 자들이 아닙니까? 그들에게 휘둘려 마음에도 없는 작품을 만드는 것은 절대 있을 수 없는 일이지만, 예술 외적인 요소에 흔들려 정말 하고 싶은 작품을 포기하는 것은 더욱 어리석은 짓이 아니겠습니까?"

마음을 다잡고 초심으로 돌아간 아비지는 마침내 일생일대의 걸작을 완성할 수 있었다.

"당신도 다시 대패와 끌을 잡으시오. 그리하여 역사에 전해질 위대한 작품을 남기도록 하십시오."

어느 사이에 여달의 손에는 대패와 끌이 들려 있었다. 소스라치게 놀라 뿌리쳐도 떨어지지 않았다. 이번에는 아사달이 강하게 충고했다.

"당신이 고려의 왕자였다는 사실은 조금도 중요하지 않소! 중요한 것은 미래에 달려있는 것이지 과거가 아닐 테니까. 만일 당신이 일신一身에 가진 재질을 썩힌다면 후손들에게 크나큰 죄를 범하는 것이오."

"그렇게 하세요."

어느 틈에 은애가 나타났다. 건강하고 아름다운 은애의 모습에 여달이 그만 넋을 잃고 말았다.

"저도 당신이 그러기를 바래요. 제발 다시 일어서셔서 훌륭한 작품을 이루도록 하세요. 저와 이미 약속했지 않았어요?"

"나, 나는 그리 못하오. 나는 그저 남들보다 약간 손재주가 좋은 목수에 지나지 않소. 그런 내가 어떻게 위대한 작품을 남길 수 있다는 말이오?"

"못난 놈 같으니!"

갑자기 은애가 최영으로 변했다.

"일을 다시 시작하겠느냐! 내 칼에 죽을 테냐!"

잘려 나간 최영의 목에서 엄청난 고함이 터졌다. 최영이 피가 뚝뚝 떨어지는 대도大刀를 치켜들었다. 입이 얼어붙은 여달이 미처 대답을 하지 못하자 작두 같은 칼이 떨어졌다.

"으아아악!"

여달이 비명을 지르며 벌떡 일어났다. 옆에서 귀

신같은 형체들이 스멀거리며 몸을 일으켜 뭐라고 웅얼거리자 공포가 극에 달했다. 잠시 후 여달은 여기가 평양 인근에 사는 거지들의 움막이라는 것을 깨닫고 깊이 한숨을 들이켰다. 헤엄이라도 친 것처럼 온몸이 땀으로 젖었다. 물이라도 마셔야겠다는 생각에 밖으로 나온 여달에게 이상한 형체가 비쳤다. 아직 꿈에서 덜 깬 것이 아닌가 하고 다시 바라보아도 형체는 그대로였다. 달빛에 의지하여 뚫어지게 바라보며 조금씩 다가가자 무명이 가부좌를 틀고 있는 것이 보였다. 이렇게 늦은 밤에 왜 밖에 나와 가부좌를 트는가 하였지만 본래 특이한 사람이라 그러려니 했다. 인근의 개울을 찾아 물을 마시고 돌아오는데도 무명은 그대로였다. 그냥 돌아오려다 선뜩 이상한 느낌이 들었다. 여달이 그를 부르며 달려가도 아무런 움직임이 없었다. 여달이 코에 손가락을 대었는데 전혀 호흡의 기미가 없었다. 싸늘하게 식은 손목에서도 희미한 맥조차도 잡혀지지 않았다.

여달이 털썩 주저앉았다. 온몸의 힘이란 힘이 어디론가 빠져나가 손가락조차 들어 올릴 수 있을 것 같지 않았다. 다시 무명을 바라보았다. 그가 반개半開한 눈으로 여달을 바라보며 자비롭게 웃는 것만 같았다.

무학이 무거운 걸음으로 수창궁을 나섰다. 이성계와 약속한 마지막 날까지 여달은 오지 않았다. 여달이 분노한 이성계에게 죽지 않는 길은 나타나지 않는 것 밖에 없었다. 내일이면 여달을 대신할 도편수의 인선人選에 들어가야 할 것이었다. 정도전에게 일임하고 회암사로 들어가 그동안 행했던 모든 것들을 참선하며 여생을 마칠 작정이었다. 무학이 가마에 오르려는데 갑자기 저 앞이 소란해졌다. 혹시 변란이라도 발생했나 싶어 적지 않게 놀랐다. 그런데 목소리들이 그리 낯설지 않았다. 가만히 보노라니 예전에 활불로 활약하던 자들이 누군가를 개선장군처럼 모시고 기뻐 날뛰는 것이었다. 여달이 최영을 모시기 위해 유배지에 따라간 이후 크게 위축되고 이성계를 죽이려다 실패하여 전옥에 갇히자 뿔뿔이 흩어진 활불이 왜 다시 모였단 말인가. 의아해하던 무학의 눈이 크게 뜨였다. 활불이 개선장군처럼 모시는 사람은 바로 여달이었다. 무학이 체통도 잊고 소리치며 달려갔다. 여달의 손을 잡은 무학이 한동안이나 말을 잇지 못했다. 여달도 말없이 무학을 바라보았다. 깊이를 알 수 없는 바다 같은 여달의 눈에서 크게 견성한 것이 느껴졌다.

"드디어 결심하셨습니까?"

"그렇습니다."

"그러면 언제 궁궐을 지을 작정입니까?"

"궁궐은 안 됩니다. 궁궐은 지을 수 없습니다."

"그, 그게 무슨 말이십니까?"

"궁궐의 건축은 그리 어렵지 않기 때문입니다. 다른 도편수들에게 맡겨도 충분히 할 수 있는 것을 굳이 제가 맡을 이유가 있겠습니까?"

"그럼 시주께서는 무엇을 맡으시렵니까?"

"정문正門을 맡을 것입니다. 정문이 아니면 일할 수 없습니다."

"왜 반드시 정문이어야 합니까?"

무학을 가만히 바라보던 여달이 이유를 설명했다.

"정문은 사람으로 치면 입과 같습니다. 입으로 물과 음식을 넘기고 공기를 호흡해야 사람이 살 수 있는 것처럼 도성과 궁궐이 제대로 기능하기 위해서는 정문을 제대로 입지立地하고 바로 세워야 할 것입니다. 머리와 심장이 아무리 뛰어나도 입이 부실하여 음식과 공기를 제대로 삼키지 못하면 병에 걸려 장수할 수 없는 것과 같은 이치겠지요. 그게 제가 정문을 맡으려는 이유입니다."

"오오, 과연 견성하셨구려!"

"곧 일을 시작할 테니 그리 아십시오. 물론 활불도 함께할 것입니다."

여달은 활불의 환호를 받으며 어디론가 사라졌다. 그들을 바라보는 무학의 눈에서 뜨거운 눈물이 떨어졌다.

"정문을 지을 것이니 전권을 달라고 하였느냐?"

침전寢殿에 정좌한 이성계가 부복한 여달을 똑바로 주시했다. 과거와는 전혀 다른 위엄이 매섭게 뻗어왔다. 여달이 전혀 두려워하지 않고 그래야만 하는 이유를 차분히 설명했다. 이성계가 고려의 장수가 아니듯 여달도 도편수가 아니었다. 눈부시게 변한 여달에게 속으로 감탄하여 고개를 끄덕이던 이성계의 눈이 갑자기 길게 찢어졌다. 여달의 옆에 있던 무학의 가슴이 덜컥 내려앉았다.

"만일 공사가 제대로 되지 않거나 기일에 맞추지 못한다면 어찌할 테냐?"

"무슨 처벌을 내리셔도 달게 받을 뿐이옵니다."

"좋다. 네놈에게 전권을 주겠노라!"

이성계의 눈에서 냉혹한 빛이 쏘아졌다.

"그러나 약조를 지키지 못하면 네놈은 물론 수하들까지 모조리 참형에 처할 것이다! 그래도 좋다면 일을 맡아라!"

"미천한 놈에게 막중한 책임을 맡겨주시니 너무나 황송하여 차마 말이 나오지 않사옵니다. 마땅히 전력을 쏟아 부어 공사를 완성할 것이며 죽음으로 성은을 갚겠나이다."

여달이 공사를 마치기라도 한 것처럼 감격에 겨워했다. 승간소생인줄 알고 좌절하여 방황했던 과거와 고려의 왕자인 것을 알고는 그만 미칠 뻔했던 여달은 조금도 찾아볼 수 없었다. 지금의 그는 순수한 목수일 뿐이었다. 일생일대의 위대한 대작大作을 앞에 둔 여달이 폭발할 것 같은 희열에 몸을 떨었다.

"그럼 입지를 보러 가겠나이다."

"입지라면 정문이 들어설 곳을 말하는 게냐?"

이성계의 얼굴이 설핏 찡그려졌다. 정문을 세울 곳은 정도전을 위시한 풍수에 조예가 깊은 신료들이 정하기로 했기 때문이었다.

"이미 여달에게 전권을 주기로 하셨으니 입지도

맡기도록 하시옵소서."

무학이 웃으며 말하자 이성계도 어이가 없다는 듯 바라보다가 그만 껄껄 웃었다.

"전하! 어찌 그러실 수가 있사옵니까!"

얼굴이 붉어진 정도전이 단호하게 외쳤다. 그가 이성계 앞에서 이렇게 흥분한 것은 처음이었다.

"도성의 정문이 얼마나 중요하다는 것은 굳이 말씀드릴 필요가 없을 줄 아옵니다. 정문의 입지 또한 그만큼 중요하며, 그렇기 때문에 신을 비롯한 자들에게 맡기신 것이 아니옵니까? 그런데 근본도 알 수 없는 천한 놈에게 일임하신 것은 도저히 있을 수 없는 처사이오니 부디 통촉하여 주시옵소서!"

"이미 여달에게 전권을 주었으니 더 이상 말하지 말라!"

"전하! 다시 한 번 주청……."

"더 이상 말하지 말라고 하지 않았더냐!"

이성계가 크게 외쳤다.

"과인도 정문의 공사가 가장 중요하다는 것은 잘 알고 있다! 그렇기 때문에 여달에게 전권을 맡긴 것이다."

"어인 말씀이시옵니까?"

"시대가 사람에게 천기를 내리듯 시대에 따라 천기를 받는 건물도 있기 마련이다! 사람이 천기를 받으려면 가장 뛰어난 자들에게 보필을 받아야 하듯, 건물이 천기를 받으려면 가장 뛰어난 도편수에 의해 지어져야 하는 법이 아니겠는가? 여달의 재능과 솜씨는 이미 충분히 검증된 데다, 지금까지 살고 겪었던 과정을 보노라면 정문에 천기를 불어넣을 수 있는 능력을 가졌음이 분명하다. 과인이 직접 보고 들었기 때문에 책임을 주었으며, 만일 소임을 다하지 못하는 날에는 여달은 물론 수하들까지 참하기로 하였으니 더 이상 말하지 말라!"

"하오나 여달은 출신도 분명치 않은 미천한 자가 아니옵니까? 그런 자에게 가장 중요한 정문을 맡기신다는 것은 신성하고 복되어야 할 조선의 출발과 너무나 부합되지 않사옵니다."

정도전은 필사적이었다. 여달을 밀어주는 사람이 무학이라는 것은 다 아는 일이 아닌가. 여달이 정문의 전권은 물론 입지까지 맡게 되는 날에는 그만큼 무학의 입김이 강해지는 것을 의미했다. 이성계를 도와 조선을 건국할 때 무학이 보여준 능력을 감안하면 결코 바람직하지 않았다. 건국 이후 잠잠하던 무학이 다시 설칠 빌미를 줄 수는 없었다.

"여달은 그대가 아는 것처럼 출신이 분명하지 않은 자도 아니며 미천한 놈은 더욱 아니다! 그러니까 그만 물러가서 맡은 일이나 잘하도록 하라!"

정도전이 의아한 표정으로 무어라고 말하려는데 이성계가 귀찮다는 듯 손을 저었다. 더 이상 반대하거나 의문을 제기했다가는 크게 경을 치게 될 것이라고 직감한 정도전이 입을 질끈 다물고 물러났다.

아득한 북쪽에서 치달려 이 땅의 척추를 이룬 백두대간白頭大幹에서 갈라진 늑골의 단말端末에 여달이 서 있었다. 여달이 있는 북악의 오른쪽으로 비껴 선 봉우리는 인왕이다. 목멱(木覓, 남산)이 정면을 가로막고 왼쪽에는 낙산駱山의 줄기가 목멱과 이어졌다. 인왕의 줄기는 좌청룡, 낙산의 굴곡은 우백호의 형상이었고 남산은 지기地氣의 방출과 외기外氣의 침범을 막는 안산案山으로 기능했다. 또한 북한산, 용마산, 덕양산, 관악산 등의 외사산外四山이 북악, 인왕, 남산, 낙산의 내사산內四山을 견고하게 보좌하여 천년을 이어갈 도성으로 손색이 없었다.

여달의 시선이 내사산이 구획한 분지로 향했다. 북악과 인왕에서 흘러나온 물줄기가 급한 경사를 따라 경주하듯 아래로 흐르는데, 개울의 사이 넓은 곳에 경복궁景福宮이 들어서고 있었다. 조선의 핵심을 이룰 관청들도 활발하게 지어지고 있어서 한성은 온통 망치소리로 요란했다. 궁궐을 세우고 싶은 욕심이 아주 없는 것은 아니었지만 여달은 왕을 위한 목수가 아니었다. 백성을 위하고 역사를 세울 위대한 건축가가 그런 것에 얽매일 수 없었다. 여달이 다시 분지를 자세히 살폈다. 이쪽에서 흐르던 개울들이 분지의 가운데쯤에서 왼쪽으로 몸을 틀었다. 하나가 된 개울이 서쪽으로 흐르다가 남산에서 내려온 개울과 몸을 합쳤다. 분지는 개울에 의해 자연스럽게 남북으로 갈리게 되었는데, 십만 호가 충분히 들어설 만하였다.

여달이 다시 그 너머를 바라보았다. 가만히 남쪽을 관조觀照하는데, 어느 한 곳이 유난히 생기가 넘쳤다. 남산의 좌측 둔덕인 그 지점은 북한산과 북악을 이은 일직선의 궤적과 정확히 일치했다. 여달이 북악을 뛰어 내려갔다. 함께 있던 활불도 여달을 따랐다. 황토마루(지금의 세종로 네거리)를 지나자 뭔가가 강하게 잡아당기는 것 같았다. 민가와 들판을 헤치고 달리듯 걷는 여달의 몸이 부르르 떨렸다. 거대한 자석에 끌리는 것 같은 느낌이었다. 거의 달리듯 하여 그 지점에 이른 여달이 지팡이를 힘차게 들어 땅을 두드렸다.

첫 번째 두드림에서 거대한 무엇이 설핏 깨어나는 느낌이 들었고 두 번째에서는 부스스 일어나는 것 같더니, 세 번째에 이르러서는 몸을 뒤틀며 울부짖는 것 같았다. 이곳은 바로 천년을 도읍할 지기地氣가 응축된 곳이었다. 고구려의 수도가 차츰 남으로 옮겨지다가 마침내 평양에 도읍하였으며, 고려가 수도를 개경으로 정한 이후 조선이 더욱 남하한 한양으로 천도하려는 것은 지기의 결정이 그쪽으로 이동했기 때문이었다. 풍수에 눈 뜬 자들은 그것의 존재와 이동경로를 파악하여 도읍과 명당을 정하였는데, 여달이 마침내 가장 정확한 지점을 찾아내고야 만 것이었다.

"여기다! 여기에 정문을 세울 것이다! 그리하여 조선의 백성은 물론, 조선이 멸망한 이후에도 이 땅의 모든 백성을 지켜주도록 할 것이다!"

"정북正北은 숙청문肅淸門이며, 동북東北은 홍화문弘化門이니 동소문東小門이라 하고, 정동正東은 흥인문興仁門이니 동대문으로 구실하고, 동남東南은 광희문光熙門이니 수구문水口門이라 하고, 정남正南은 숭례문崇禮門이니 남대문으로 구실하고, 소북小北은 소덕문昭德門이니, 서소문西小門이라 하고, 정서正西는 돈의문敦義門이니 서대문으로 구실하고, 서북西北은 창의문彰義門이라 하였습니다."

정도전이 이성계에게 성문의 명칭이 결정된 것을 알렸다. 이성계도 마음에 들어 했다.

"그런데 관악산의 화기火氣가 도성을 침범할 우려가 크다는데, 그것은 어떻게 막으려 하는가?"

"우선 숭례문 밖에 큰 연못을 파서 일차적으로 화기를 막은 다음 현판을 세로로 하여 방비하도록 할 것입니다. 숭崇은 왕실을 의미하는 종宗 위에 산山이 있는 형국이라 현판을 세우면 산이 가장 위에 있어 화기를 막는 동시에 종실을 든든하게 보전할 수 있을 것으로 보옵니다. 또한 광화문光化門의 좌우에 불을 제압하는 해태獬豸를 두면 관악에서 뻗치는 화기를 충분히 제압할 수 있을 것이옵니다."

"그렇게 하라."

이성계가 정도전에게 명을 내렸는데, 무학이 간언했다.

“숭례문 안에 사찰을 두어 방비하는 것도 나쁘지는 않을 것이옵니다.”

“왕사께서는 자세히 말씀해보십시오.”

“숭례문 안쪽에 사찰이 있으면 승려들이 밤낮으로 전하와 도성의 안위를 위하여 예불하며 또한 화재를 경계할 것이기 때문에 미연에 발견하여 진화할 수 있지 않겠사옵니까? 겸하여 숭례문의 안쪽에도 연못을 파놓아 화재에 대비하시는 것이 어떨까 하옵니다.”

“매우 좋은 방책입니다. 사찰의 건축과 승려의 선발은 왕사께서 책임지도록 하십시오.”

“성은이 망극하옵니다.”

무학이 깊이 사은하였는데, 정도전의 안색이 그리 편치 않았다. 잠시 후 무학이 퇴궐하다가 빈청으로 가던 정도전을 불렀다.

“다른 뜻이 있는 것은 아니니까 삼봉께서는 오해 마십시오.”

“시생이 미욱하여 왕사께서 하시는 말씀을 전혀 알아듣지 못하겠으니 쉽게 말씀하여 주시면 감사하겠습니다."

"여달을 밀어준 것과 숭례문 안에 사찰을 건립하자고 주청한 것은 나라와 전하를 위한 순수한 뜻에 의한 것이었습니다. 만일 소승이 다른 뜻이 있었다면 삼봉이 지금처럼 마음대로 행세할 수 있었겠습니까?"

조선의 건국을 전후하여 불교계가 당한 피해는 실로 엄청났다. 워낙 타락했기 때문에 당연한 대가를 받았다고 할 수도 있겠지만, 정도전이 앞장서서 가한 탄압과 박해는 이루 필설로 형용될 수준이 아니었다. 그나마 제대로 사정司正이 이루어졌다면 모를까, 방대한 사찰 재산 가운데 상당 부분이 국고로 환수되지 않고 힘 있는 자들이 나누어 먹었으니 사정을 빙자한 몸 불리기에 지나지 않았을 뿐이었다.

"그때 소승은 크게 분노했습니다. 설마 삼봉이 그렇게까지 할 줄은 몰랐으니까요. 그렇지만 입을 다물고 묵묵히 지냈습니다. 왜 그랬는줄 아십니까?"

"……."

"새로운 나라가 바로 서기 위해서는 삼봉 같은 유능한 관료들이 필요했기 때문이었습니다. 성리학性理學과 불교는 본래 상극이어서 관료들이 집권하게 되면 불교가 별로 잘못이 없다고 해도 탄압당하는 것은 명약관화明若觀火했습니다. 소승도 중의 하나로서 불교가 꺾이는 것은 결코 바라지 않았지만, 새로운 나라를 바로 세워 도탄에 빠진 백성을 구하기 위해서는 삼봉 같은 사람들이 일해야 한다고 믿었습니다. 소승이 나서서 전하께 불교를 좀 봐주십사 하고 주청할 수도 있겠지만 그것이 개혁에 전혀 도움이 되지 않는데다, 자칫했다가는 소승과 삼봉이 정면으로 충돌할 우려도 없지 않았습니다. 절대 그런 일이 발생하면 안 된다고 생각했기 때문에 입 꾹 다물고 지낸 것이었습니다. 아시겠습니까?"

"……."

"굳이 삼봉에게 말하지는 않으려고 했으나 숭례문을 제대로 세우기 위해서는 필요할 것 같더군요. 아무쪼록 혜량하시기 바라겠습니다."

말을 마친 무학이 무심한 몸짓으로 염주를 굴리며 퇴궐했다.

"처음 뵙겠습니다."

여달이 정중하게 목례했다.

"시주의 말씀은 많이 들었습니다."

마주 합장하는 승려는 각화사覺華寺의 상좌 각희覺希였다. 각화사와는 인연이 있었다. 예전에 현화사에서 목수마을과 승부를 겨룰 때 심사를 맡은 고승들의 대표로 나선 선승禪僧이 바로 각화사의 주지였었다. 각화사에서 각희와 승려들을 보내 숭례문의 공사를 책임지게 된 것은 그리 좋은 인과因果에 의하지 않았다. 불교를 약화시키기 위해 승려들을 각급 공사에 투입하였는데, 각화사에 숭례문이 배정된 관계로 각희가 승려들을 이끌고 합류하게 된 것이었다. 그런 점을 생각하면 마음이 편치 않았으나 숭례문을 세우기 위해서는 어쩔 수 없었다.

"한번 보시겠습니까?"

각희가 도면을 펼쳤다. 여달이 횃불 같은 눈으로 도면을 주시했다.

– 문루門樓가 세워질 석축石築은 12단이며 정면 하변下邊은 1,113척 2치이며 측면은 393척 9치, 높이는 216척 7치다. 석축의 중앙에 무지개를 인 것 같은 홍예문虹霓門의 통로가 나고 좌우측에 계단을 놓아 문루로 오르내릴 수 있다. 석축 위에 세워질 문루는 1층과 2층으로 나눠지는바, 전체 높이는 585척 4치이다. 1층의 높이, 그러니까 1층 바닥부터 2층 바닥

까지는 139척이며 2층 바닥부터 용마루까지는 232척 6치로 2층이 훨씬 높은 구조이다. 지붕도 1층이 42척 7치이며 2층이 103척 3치로 2층이 높다. 문루를 지탱하는 기둥은 1층과 2층이 모두 22개로서, 네 귀퉁이를 보강하는 귀고주隅高柱 4개를 포함한 것이다. 마감했을 때의 외형은 석축 위에 방어벽인 여장女牆을 세웠으며, 장대한 2층 문루의 지붕은 사다리꼴로 윗면이 좁고 네 귀퉁이가 펼쳐진 우진각의 형태이다…….

여달이 밤을 꼬박 새워 석축부터 시작해서 용마루의 기와까지 상세히 파악했다. 기둥과 대들보의 치수는 물론, 세세한 서까래와 마루에 깔 귀틀까지 낱낱이 빨아들였다. 동이 틀 무렵 장대한 숭례문의 전경이 바로 앞에 그려졌다.

"수하들과 함께 떠날 것입니다."

뜬금없는 말에 각희가 여달을 바라보았다.

"어디로 무엇을 하러 떠난다는 말입니까?"

"숭례문에 쓸 재목을 구하기 위해서입니다."

"예? 지금 뭐라고 하셨습니까?"

"제가 쓸 재목은 제가 구해야 하지 않겠습니까?

그래서 직접 산에 들어가 벌목하겠다는 것입니다."

여달의 말에 각희가 벌어진 입을 다물지 못했다. 과연 여달은 범인凡人들과는 달라도 한참 다른 사람이었다. 이틀 뒤, 여달이 활불을 이끌고 도성을 떠났다. 수하들은 목수들의 연장 대신 큰 톱과 도끼를 갖추었다. 배를 타기 위해 한강으로 향하는 여달과 수하들에게서는 결연한 각오가 넘실거렸다. 그들을 알고 있는 백성들이 삼삼오오 모여들어 저마다 찬탄했다. 전국의 내로라하는 도편수들이 모여들어 저마다의 솜씨를 자랑할 것인데, 여달을 따를 자가 없으리라는 것이 대세였다. 특히 여달이 경복궁景福宮과 근정전勤政殿을 마다하고 맡은 숭례문은 역사에 길이 남을 걸작이 되리라고 믿었다.

태백산의 원시림에서 느닷없는 굉음이 터졌다. 이백 년은 살았음직한 거대한 소나무가 도끼질을 견디지 못하고 쓰러지며 지르는 비명에 귀가 멍했다. 어쩔 수 없이 베어야 했던 소나무들을 위해 염불을 드린 여달이 수하들과 백성들에게 소나무를 다듬어 운반할 것을 명했다. 자신이 쓸 재목을 남에게 맡길 수 없다는 신념에 직접 산에 올라 헤매기를 거의 반년 만에 마지막 소나무를 벌목할 수 있었다. 벤 소나무는 뗏목으로 엮여져 한강을 타고 한성으로 운반될 것이었다. 뗏목으로 엮으면 운반하기 편하기도 하지만 아직 살아 있는 소나무가 물의 침투를 막기 위해 송진으로 외피外皮를 감싸기 때문에 목질木質이 단단해지고 비틀리지 않게 되어 아주 좋았다.

"가자!"

베어낸 소나무를 강까지 운반하는 것은 보통 어려운 일이 아니었다. 벌채하고 운반하다 크게 다친 수하와 백성이 거의 스물이나 되었고 죽은 자도 넷이나 되었다. 활불의 수하들이 주먹으로 눈물을 훔치며 거대한 소나무를 한 걸음씩 옮겼다.

궁호가 나른하게 기지개를 켰다. 요즘은 나이가 들어서 그런지 밥을 먹고 나면 졸려 견딜 수가 없었다. 낮잠을 자려던 궁호가 벌떡 일어났다. 여달에게 생각이 닿은 탓이었다. 경복궁과 근정전을 마다하고 숭례문을 맡은 여달은 요즘의 화제였다. 도편수로서 최고의 영예를 마다하고 무엇 때문에 숭례문을 맡았는지 궁금하게 여기는 자들이 적지 않았다. 과거 도선 국사가 그 자리에 묻었던 불상이 이제야 영험을 발휘했기 때문이라거나, 그 지점의 흙이 천하에 둘도 없는 영약인데 여달이 그것을 간파하고 자청하여 공사를 맡았다는 등의 소문만 무성하게 번질 따름이었다.

여하튼 여달이 화제의 중심에 있다는 것은 아주 흔쾌하지 못했다. 흔쾌하지 못한 이유는 또 있었다. 새로운 도성의 공사에 끼어들면 엄청난 이득을 챙길 수 있지 않은가. 강씨를 이용하면 어렵지 않겠지만 잘못 끼어들었다가 얼굴이 팔리는 날에는 낭패를 겪게 될 우려가 있었다. 여달처럼 불로 얼굴을 지질 수도 없었다. 그렇기 때문에 이제는 포목점도 집사를 대신 내보내는 형편이었다. 자신의 것을 여달에게 빼앗기고 있다고 생각하니 배가 아파 견딜 수 없었다. 골똘히 생각하던 궁호가 계집종을 불렀다.

"연비燕琵 게 있느냐?"

곧 열일곱 쯤 되어 보이는 아리따운 계집종이 달려왔다. 연비를 부른 궁호가 뭔가를 주의 깊게 설명하여 내보냈다. 옷과 몸을 단장한 연비가 수창궁으로 향했다. 연비는 본래 친정에서부터 강씨를 섬기던 몸종의 딸이었다. 연비가 매우 야무지고 영특하여 강씨가 궁호의 포목점으로 보내 일을 돕게 하였는데, 가끔씩 수창궁과 포목점 사이를 오가며 이야기를 전달하는 것이 더욱 중요한 일이었다. 연비가 수창궁으로 찾아가 은밀히 아뢰자 강씨의 눈이 표독하게 빛났다.

여달 일행을 태운 배가 두물머리(지금의 경기도 양수리)에 이르렀다. 남한강과 북한강이 합류하는 곳에 이르자 거칠었던 강의 흐름이 부드럽고 여유로워졌다. 여달은 어머니의 품에 안긴 아기처럼 스르르 잠이 들었다. 반년에 걸친 격심한 노동에 여달을 위시한 수하들은 극도로 피폐했다. 돌아가면 쉴 틈도 없이 미리 보낸 것들을 다듬고 마름질해 재목으로 만들어야 하겠지만 누구도 불평하지 않았다.

"여보시오! 혹시 여달 시주가 아니시오?"

느닷없는 고함에 여달이 잠에서 깨어났다. 정신을 차려보니 말을 탄 승려가 강가에서 이쪽을 향해 외치고 있었다. 그는 각희였다. 기초 다지기를 감독해야 할 그가 여기는 웬일이라는 말인가? 게다가 아주 다급한 기색이었다. 여달이 서둘러 강가에 배를 대라고 명했다.

"큰일 났소이다! 시주께서 보낸 원목原木을 모두 빼앗기고 말았으니 어쩌면 좋습니까?"

"그게 무슨 말씀입니까?"

"공조工曹의 관리들이 찾아와서 경복궁景福宮에 사용해야 한다고 하면서 강제로 가져갔습니다."

"그럴 리가 없습니다! 전하께서 소인에게 숭례문에 대한 전권을 내리셨는데 어찌 그런 일이 발생할 수 있겠습니까?"

"틀림없는 사실입니다. 아무렴 소승이 여기까지 달려와 식언을 하겠습니까?"

자세한 경위는 알 수 없지만 사람의 목숨과 맞바꾼 원목들을 경복궁에 빼앗긴 것은 분명한 사실인 것 같았다.

"왕사께 호소해 보셨소이까?"

"그리도 해보았지만 왕사께서도 별 수단이 없으셨습니다. 이걸 어쩌면 좋습니까?"

여달이 대답 대신 강물을 지그시 바라보았다. 활불의 수하들도 멍하게 허공을 바라볼 따름이었다. 반년에 걸쳐 들인 공이 허사가 되고 말았으니 절로 눈앞이 캄캄했다.

"이렇게 된 이상 다른 목재를 사용할 수밖에 없을

것 같습니다. 그렇게 하시지요."

"그럴 수는 없습니다!"

여달이 외쳤다. 역사를 증거할 위대한 작품에 하찮은 재목을 사용할 수는 없었다. 그런 생각을 하는 자체가 역사에 동참할 자격이 없는 것이었다.

"배를 돌려라!"

여달의 외침에 각희가 크게 놀랐다. 다시 재목을 구하러 갔다가는 최소한 반년을 더 소모해야 될 것이다. 공사기간이 대략 2년 정도라는 것을 감안하면 무려 사분의 일이나 까먹는 것이 아닌가? 이번에는 각희의 눈이 캄캄해졌다.

"내 말이 들리지 않느냐? 재목을 구하러 갈 것이니 어서 배에 오르라!"

"시주, 다시 한 번 생각을……."

"상좌께서는 왕사를 찾아뵙고 이런 일이 반복되지 않도록 해주시오!"

여달이 단호하게 배에 올랐다. 수하들이 비틀거리며 여달의 뒤를 따랐다.

대역사

태조 5년(1396) 3월 22일, 고려가 북악에 세웠던 궁궐로 옮겨온 조정에서 업무를 처결한 이성계가 침전으로 들었다. 잠시 후 방석이가 저녁 문후를 드렸다. 3년 전에 세자로 책봉된 방석은 이제 열넷으로 제법 총각 티가 나기 시작했다.

"네 어머니는 어떠하냐?"

"아바마마께서 이렇게 심려하시니 곧 쾌차하실 것입니다."

강씨는 올해 들어 몸이 좋지 않아 자리에 눕는 때가 잦았다. 워낙 당찬 여자라서 곧 나으려니 했지만 5년 전 세상을 뜬 한씨를 생각하면 불길한 예감이 들곤 했다.

이러다가 강씨가 세상을 뜨는 날에는 아무래도 무슨 일이 벌어질 것만 같았다. 본처인 한씨 소생의 아들들 가운데 하나를 세자로 삼지 않은 것이 문제의 발단이었다. 이성계도 가급적 정상적으로 가고 싶었지만 장남 이방우가 끝까지 고려를 배반하지 않으려고 했던 것이 문제였다. 그런 상태에서 강씨가 은근히 자신의 소생을 책봉해 줄 것을 요구했으며, 정도전과 남은 등 비중이 큰 개국공신들도 그렇게 할 것을 주청하는 상태에서 이방우가 죽고 말았다. 차남인 이방과를 세자로 삼아야 했지만 본래 무능하고 줏대가 없다보니 제 몫을 찾아먹지 못했다. 그렇게 되자 장자상속을 따지는 것은 별 의미가 없게 되었다. 강씨와 정도전의 주장에 따라 팔형제 가운데 겨우 열한 살짜리 막내 방석이가 운 좋게 책봉받은 것이다.

물론 반대가 격심했다. 특히 배극렴은 '본래 장자에게 상속해야 할 것이나 나라가 위기상황이라 할 수 있는 만큼 능력 있는 왕자에게 보위를 물려줘야 한다'며 이방원을 적극 추천했다. 그런 상황에서 코흘리개 이방석이를 책봉하려 하자 배극렴을 위시한 공신들이 극력으로 반대하는 것은 지극히 당연했다.

공신들이 이방원과 이방석을 밀며 격하게 대립하는 상황에서 이방석을 세자로 민 쪽의 손을 들어주었지만 그것으로 모든 것이 끝난 것은 아니었다. 입장을 바꿔 놓고 자신이 방원이라고 해도 후처의 소생에게 모든 것을 물려준 아비를 아비로 생각하지 않을 것 같았다. 이럴 줄 알았으면 보다 신중해야 했다고 후회했지만 이미 때가 늦어버린 다음이었다.

"약주가 과하셨습니다. 오늘은 그만하시지요."

민씨가 말렸지만 이방원은 듣지 않았다. 생각하면 할수록 울화통이 터져 견딜 수 없었다. 아무리 생각해도 부왕父王은 제정신이 아니었다. 그깟 후처 소생의 코흘리개를 세자로 삼는다는 것이 도대체 말이나 되는 소리인가? 이것은 세자가 되고 안 되고의 문제가 아니라 죽느냐 사느냐의 문제였다. 형들이나 자신이 세자가 되었다면 어쨌든 순리에 입각한 것이기 때문에 강씨 소생의 배다른 동생들을 굳이 죽이려 들지 않겠지만, 그쪽에서는 아니었다. 방석의 배후에 도사린 정도전은 언제든지 위협이 될 수 있고 실제로 위협적인 본처 소생의 왕자들을 그냥 두려 하지 않을 것이다. 그럴 경우에 가장 먼저 죽일 왕자는 이방원일 터였다. 정몽주를 죽이는 등 건국에 공이 크고 정치력이 만만치 않은 이방원부터 시작하여 본처 소생의 왕자들을 씨를 말리려 들 것인데, 싸움을 말려야 할 아비라는 자가 그렇게 만들었으니 어찌 기가 막히지 않겠는가. 아무리 부왕의 뜻이라고 해도 가만히 앉아 있다가 죽을 수는 없었다.

"한 잔 더 주시오!"

거칠게 잔을 내미는데 뻐꾸기가 울었다. 홀린 듯 뻐꾸기 소리에 귀를 기울이던 이방원이 머리를 흔들었다. 이방우가 남긴 수수께끼는 아직도 풀리지 않았다.

무학이 걱정스레 여달을 바라보았다. 함께 시작한 흥인문興仁門은 석축石築 위에 1층이 반 이상 올라가고 있는데 비해 숭례문은 이제 겨우 시작이었다. 애써 구한 재목을 빼앗기지 않았더라면 가장 빠르게 올리고도 남았을 것이라고 안타까워했지만 정작 여달의 가슴은 어떻겠는가. 혀를 차며 돌아서는 무학은 왜 강씨가 여달을 방해했는지 이해할 수 없다고 생각했다.

여달이 1층의 마지막 기둥을 마름질했다. 석축 위에 세워질 아래쪽은 모든 무게를 튼튼하게 견뎌야 했으며 도리와 보가 연결되어 천정과 2층 바닥을 떠받칠 윗부분은 문자 그대로 세심하게 다듬고 파내야 했다. 문을 세울 설주와 인방도 만들어야 했고, 대들보와 도리들도 부지런히 깎고 다듬는 중이었다. 한마디로 눈코 뜰 새가 없었다. 재목을 다시 구하기 위해 까먹어버린 일곱 달을 만회하기 위해서는 보다 열심히 하는 것 외에 다른 방법이 있을 수 없었다. 빠르게 하는 것과 서두르는 것은 달랐다. 빠르고 정확해야 기일 내에 완공할 수 있었다. 서까래 하나라도 실수는 용납될 수 없었다. 여달은 자신과 수하들을 극한의 너머로 몰아세웠다.

태조 6년(1397) 정월 초하루를 며칠 넘긴 어느 날, 이성계가 백관을 거느리고 궁 밖으로 나왔다. 경복궁은 물론, 대부분의 주요 관청은 이미 완공되었으며 성벽도 전 구간이 완공된 상태였다. 모든 것이 새롭게 이루어진 한성은 개경에 뒤질 것이 없었다. 그런데 숭례문과 흥인문興仁門은 아직도 망치소리가 요란했다. 북문인 숙청문肅淸門과 서대문인 돈의문敦義門은 각각 재작년과 작년에 건립을 마쳤으나, 늦게 시작한 숭례문과 흥인문은 아직도 대목들이 달라붙어 구슬땀을 흘렸다. 그래도 흥인문은 거의 완공된 상태였다. 2층 문루까지 끝나고 지붕을 덮는 중이었으니 그것을 마치면 기와를 덮는 와장瓦匠과 외부를 멋지게 조각하여 장식하는 목조각장木彫刻匠, 문짝과 작은 부분을 담당하는 소목들이 마감하면 될 것이다. 그 후 단청을 입히고 현판을 달면 완공되는 것인데, 앞으로 넉 달쯤 후면 충분할 것 같았다.

그에 비해 숭례문은 아직도 여섯 달쯤이 더 필요했다. 겉으로 보기에는 흥인문이 이긴 것 같지만 그쪽의 도편수와 대목들은 승리를 자신하지 못했다. 처음에 거의 일곱 달이 뒤진 숭례문이 무려 다섯 달이나 좁혀든 데다, 그렇게 서둘고도 오히려 완성도에서 앞섰다. 여달이 순조롭게 일할 수 있었다면 이미 작년에 끝냈을 것이며 모든 면에서 크게 앞섰을 것이 분명했다. 그것도 자신들이 쓸 목재를 스스로 구했다고 하니 더 이상 무슨 말이 필요하겠는가. 흥인문의 도편수와 목수들은 패배를 자인했다.

흥인문뿐 아니라 모두가 숭례문을 인정했다. 도성의 공사에 참가했던 도편수들은 50명이 넘었으며 그들 역시 최고의 목수들이었다. 가장 중요한 왕조가 담겨 있는 경복궁의 규모는 말할 것도 없거니와, 광화문을 위시한 경복궁의 문 역시 최고의 도편수들이 이뤄낸 일대의 역작이었다. 거기에 육조六曹를 위시한 관청을 담당한 도편수들도 결코 뒤지지 않았다. 고려를 묻어버리고 새롭게 탄생한 조선의 모든 것이 목수들의 손에서 출산했다고 해도 과언이 아니었다. 그들이 숭례문에 무릎을 꿇었으니 더 이상의 말은 필요치 않았다.

여달이 신들린 것처럼 일했다. 그의 손이 닿으면 단단하기 짝이 없는 목재가 두부처럼 잘려지고 깎여 나갔다. 기둥이든 서까래든 천정이든 벽체든 간에 먹줄을 넣을 필요도 없이 자르고 파내어 바람조차 들어갈 틈도 없이 완벽하게 잇고 맞추는 것에는 누구도 경탄하지 않을 수 없었다. 용장勇將의 휘하에 어찌 약졸弱卒이 있겠는가, 활불과 각화사의 승려들이 일치단결하여 용맹하게 정진했으니 흥인문이 반드시 먼저 끝낸다고 장담하기 어려울 지경이었다.

– 으음?

여달이 눈을 깜빡였다. 처마 끝의 무게를 받치기 위해 기둥머리에 짜 맞추어 댈 용도의 공포栱包를 만들기 위해 톱을 넣으려는데 자꾸 목재가 흐리게 보였다. 피곤해서 그런가 하고 눈을 비비고 다시 보아도 마찬가지였다. 여달이 톱을 놓고 천천히 숨을 들이마셨다. 지금까지 잊고 살았지만 이미 오십을 넘겼다는 것을 인정해야 할 것 같았다. 비단 나이뿐이겠는가. 그동안 겪었던 번뇌와 삶의 형태는 보통의 백성들로서는 상상조차 하기 어려울 것이었다. 거기에 먹는 것마저 시원치 않았으니 지금까지 버텨온 것이 신기할 정도였다. 잠시 자신을 추스른 여달이 다시 톱을 잡았다. 이제부터는 감感으로 눈을 대신해야 했다.

궁호가 흡족한 표정으로 옷을 꿰었다. 이불을 덮고 돌아누운 계집은 연비였다. 강씨가 작년에 죽은 다음부터 연비는 궁호의 것이 되었다. 진작부터 가지고 싶었지만 만에 하나라도 강씨에게 나발을 부는 날에는 큰일이다 싶어 욕정을 참아야 했다. 그러나 강씨가 죽고 없는 지금에는 회가 동하면 언제든지 탐할 수 있었으니 그렇게 흡족할 수 없었다.

"앞으로 어쩔 생각이세요?"

"벽란도로 가서 명나라로 뜰 작정이다."

그동안 챙길 만큼 챙긴 데다 아무리 보아도 이방원

이가 가만있지 않을 것 같았다. 자신이 이방원이라고 해도 가만히 앉아서 죽음을 맞느니 한바탕 해보고 말 것이었다. 이방원이 이기는 날에는 긍호도 무사하기 어려웠다. 설마 긍호에게까지 불똥이 튀랴 할지 모르겠지만 설마가 사람 잡는 법이다. 강씨의 재물창고였던 포목점을 긍호가 관리했다는 것을 아는 자들이 적지 않을 것인데, 이방원의 세상이 되고나면 그들이 이방원에게 알릴 우려가 컸다. 이방원이 강씨를 얼마나 증오하는지 굳이 말할 필요가 없고 보면 긍호를 결코 그냥 두려고 하지 않을 것이다. 다행히 죽지 않는다고 해도 알거지가 될 게 뻔한데, 그런 위험을 감수할 이유가 없었다. 가장 두려운 것은 강씨와의 비밀이 알려지는 것이었다. 모든 것을 감안했을 때 이쯤 해서 명나라로 튀는 것이 가장 바람직했다.

"그동안 부렸던 사람들은 어찌 하실 작정이신가요?"

"그건 네가 걱정할 일이 아니다."

벽란도의 상인과 약조가 되어, 명나라로 가게 되면 얼굴이 팔릴까봐 포목점에 대신 내보냈던 집사를 비롯하여 부리던 자들을 모두 떼어버릴 작정이었다.

일을 하지 않아도 그들을 계속 잡아두고 있는 것은 그들이 포목점에 대해서 잘 알고 있기 때문이었다. 일단 벽란도까지는 데리고 가겠지만 배를 타는 것은 여달과 연비뿐일 것이다. 연비를 데리고 가려는 것은 몸이 좋은 것과 함께, 가장 큰 비밀을 알고 있을 가능성이 적지 않기 때문이었다. 마지막 단계까지 온 상태에서 연비가 다른 생각을 하게 되는 날에는 진짜 큰일이었다. 죽여서라도 입을 막고 싶었지만 행여 이웃이나 순라군에게 들키면 곤란했다. 일단 옆에 끼고 있으면서 바깥출입을 하지 못하게 막아 놓고는 명나라로 데려가는 도중에 바다에 던지거나 색주가色酒家에 팔아버릴 작정이었다. 그때까지 몸을 탐하면서 기다리면 되는 것이었다. 세상에 부러울 게 없는 것처럼 흡족하던 긍호의 표정이 흉하게 일그러졌다. 생각만 해도 지긋지긋한 여달을 어떻게든 없애야 했다. 명나라로 뜨기 전에 확실히 매조지할 것이 있었다. 아무래도 여달과는 전생부터 악연으로 엮인 것이 분명했다.

"전하께서 정한 기한은 언제까지이옵니까?"

무학의 말에 이성계가 빙긋 웃었다.

"흥인문과 비슷하게 떨어지면 되지 않겠습니까?"

대수롭지 않게 대꾸했지만 이성계도 여달에게 놀라고 있었다. 타고난 재질에 더해진 무서운 집념에는 소름이 오싹 끼칠 정도였다. 그런 여달이 세운 숭례문을 생각하면 뿌듯하기도 했지만 이성계에게 바쳐지는 것은 아니었다. 하기야 숭례문을 비롯한 모든 것을 소유해봐야 앞으로 얼마나 소유할 수 있겠는가. 이미 환갑을 2년이나 넘겨 언제 죽어도 이상할 게 없는 늙은이가 아니던가. 앞으로 얼마나 살게 될지 모르겠지만 반드시 숭례문을 보아야만 했다.

"여달이라는 이름을 쓰시는 도편수가 어느 분이십니까."

낯선 중년사내가 여달을 찾았다. 각희가 그를 맞았다.

"무엇 때문에 그러십니까? 그분께서는 몹시 바쁘십니다."

"소인은 회암사에서 온 사람입니다. 왕사이신 무학대사님께서 저를 시켜 보약을 보내었으니 그것을 전해야 합니다."

최근에 무학이 머리가 답답하다며 회암사로 간 것

은 사실이었으며, 가끔씩 여달을 위해 보약을 지어 보내기도 했기 때문에 그러려니 했다.

"소승에게 맡기고 가시면 그 분께 전해드리도록 하겠습니다."

"그것은 곤란합니다. 드시는 것을 반드시 확인하고 오라고 하셨기 때문에 직접 전해드려야만 합니다."

사내의 태도가 약간 이상했지만 각희는 무학이 나이가 든 탓이라고 생각했다. 사람이 늙으면 어린아이처럼 된다는데, 무학도 이미 칠십에 이르렀으니 그럴 수도 있는 일이었다. 그렇게 생각한 각희가 사내를 여달에게 데리고 갔다. 여달을 만난 사내가 품속에서 작은 병을 꺼냈다.

"미리 달여 거른 것이니 바로 드시면 된다고 하셨습니다."

여달이 깊이 합장하고 병을 받아 약을 삼켰다. 다 마신 것을 확인하고서야 사내는 작별을 고했다. 여달이 다시 일하러 간 다음 각희가 잠시 문루에서 밖을 내다보았다. 약을 전해준 사내가 빠른 걸음으로 숭례문을 나와 큰길로 향하는 것이 보였다. 그런데 저 앞에서 무학이 가마를 타고 나타나자 각희가 어이

없어 했다. 이렇게 금방 나타날 것 같으면 직접 여달에게 전해줄 것이지 굳이 사람을 시켜 수고를 끼친다는 말인가. 그런데 무학과 사내가 전혀 아는 척을 하지 않고 엇갈리는 것이 아닌가?

"아뿔싸!"

전말을 파악한 각희가 여달이 일하는 곳으로 달려갔다.

"어서 토하시오! 좀 전에 마신 것을 토해내야 합니다!"

있는 힘껏 외쳐도 망치소리 때문에 제대로 들리지 않았다. 여달에게 달려간 각희가 다짜고짜 주먹으로 명치를 지르더니 우악스레 옆구리를 훑었다. 몇 차례 울컥 토하던 여달이 갑자기 비틀거렸다. 보이는 모든 것이 자신을 중심으로 빠르게 도는 것 같았다. 갈피를 잡지 못하고 비틀거리던 여달이 시커먼 피를 토하고 쓰러졌다.

궁호가 통쾌하게 잔을 비웠다. 거금을 주고 고용한 자가 여달이 약을 삼키는 것을 분명히 확인했다고 하였으니 지금쯤 여달은 북망산에서 공사를 하고 있을 것이 분명했다. 설혹 죽지 않는다고 해도 폐인이

나 불구가 되었을 것인데, 어쩌면 그쪽이 더욱 입맛에 맞는 것도 같았다. 여하튼 소원을 이루었으니 이제 명나라로 뜨는 것만 남았다. 거기 가서 복된 삶을 누릴 것을 생각하니 그렇게 기분이 좋을 수가 없었다.

"부어라! 부어!"

연비가 따르는 잔을 마시고 또 마셨다. 그렇게 마시기는 태어나서 처음인 것 같았다. 만취한 궁호의 눈에 연비가 더욱 아름답게 보였다. 술상을 밀어버린 궁호가 연비를 이불속으로 잡아끌었다. 이번의 방사는 유난히 흐벅졌다.

늦은 밤에 이방원의 자택이 소란스러워졌다. 이방원과 민씨가 나가보니 웬 처녀가 반드시 이방원을 만나야 한다고 난리를 친다는 것이었다. 민씨가 의아한 눈으로 이방원을 바라보는데 뭔가 심상치 않다고 느낀 이방원이 일단 데리고 오라고 했다. 미처 스물이 되어 보이지 않는 뛰어난 미모의 처녀가 조심스레 들어와 허리를 조아렸다.

"내가 이집의 주인이다. 무슨 일로 나를 찾는 게냐?"

"대군 나으리께 아주 중요한 일을 아뢰려고 하옵니다. 하오나 사태가 너무 위중하여 직접 아뢰어야 하나이다."

이방원이 사랑채로 처녀를 데리고 들어가자 민씨의 눈 꼬리가 사납게 치켜졌다. 만일 정말 위중한 사안이 아니라면 목숨이 성치 못할 터였다.

"무슨 일이냐? 차분하게 말해 보거라."

처녀가 자신이 아는 비밀을 말했다. 이방원이 펄쩍 뛰며 놀랐다.

"그, 그게 정녕 사실이더냐?"

"어느 안전이라고 감히 거짓을 아뢰리까?"

"너 말고 또 아는 자가 있느냐?"

"그자 말고는 없을 것이옵니다."

"네 고발이 사실이면 크게 포상할 것이다! 그 집으로 앞장서라!"

이방원이 직접 무사들을 이끌고 대문을 박찼다.

"이게 무슨 짓입니까!"

꽁꽁 묶여 꿇려진 긍호가 무서운 눈으로 노려보는 이방원에게 항의했다.

"소인이 무슨 죄가 있다고 이러십니까? 뭔가 오해가 있는 것 같으니 일단 풀어주시고 말씀하십시오!"

“닥치지 못하겠느냐!”

이방원이 싸늘하게 외쳤다. 궁호를 보는 순간 이방우가 말했던 뻐꾸기의 비밀이 풀렸다. 비밀이 풀리자 이전과는 비교도 할 수 없이 격렬한 분노가 솟구쳤다. 당장 달려가 강씨의 묘를 파헤쳐도 시원치 않을 것 같았다.

“소인은 죄가 없습…….”

다시 외치려던 궁호가 사람들 틈에서 야릇하게 웃는 연비를 보고 입을 다물었다. 연비는 그가 생각했던 것보다 훨씬 영악했다. 지금까지 별 다른 움직임을 보이지 않다가 궁호가 취한 틈을 타서 몸을 뺀 것이었다. 아까의 방사가 유난히 흐벅졌던 것도 몸을 빼기 위한 수단이었을 터였다. 연비가 이방원에게 비밀을 말했다면 모든 것이 끝장이었다. 진즉에 저년을 죽여 버렸어야 했다고 후회했지만 후회로 얻을 수 있는 것은 절망밖에 없었다.

이방원이 천천히 다가와 칼집으로 궁호의 턱을 들어올렸다. 보면 볼수록 구역질이 치밀었다.

“이놈에게 본때를 보여라! 감히 대역을 꿈꾸던 놈이니 인정사정 볼 것 없다!”

무사들이 달려들어 사정없이 짓밟았다. 잠깐 사이

에 피떡이 된 궁호가 숨을 헐떡거리며 외쳤다.

"이놈들! 내가 누군 줄이나 알고 이러는 게냐? 나는 세자와 왕자……."

미처 말이 끝나기도 전에 이방원의 발길질이 날아왔다. 궁호의 입이 터지고 이빨이 우수수 쏟아졌다.

"이놈이 제정신이 아닌 모양이로다! 횃불을 가져오너라!"

이방원이 횃불로 궁호의 얼굴을 지져버렸다. 비명을 지르며 피하려 했지만 어림도 없었다. 잠시 후 상대를 찾기 어려울 정도로 잘 생긴 얼굴이 꿈에서도 마주치기 두려울 정도로 흉하게 이지러지고 말았다. 그것으로 끝이 아니었다. 혀를 뽑고 발목의 심줄까지 잘라버렸다. 벌레처럼 꿈틀거리며 기괴한 음성으로 신음하는 궁호는 더 이상 인간이 아니었다. 이방원이 궁호는 그냥 두고 집사와 노비들을 끌고 갔다.

"쇤네의 공은 잊지 않으셨지요?"

연비가 눈을 빛내며 말했다.

"네 공을 어찌 잊을 수 있겠느냐? 큰 상을 내릴 터이니 조금만 기다리도록 하여라."

이방원이 좋게 웃으며 대답했다. 그러나 가장 중요한 증인을 살려둘 이방원이 아니었다.

여달이 눈을 떴다. 숭례문을 세우고 있어야 할 자신이 왜 구들장에 누워 있는지 알 수 없었다. 깨어진 거울 같은 기억을 겨우 맞춘 다음에야 낯선 자가 전해준 약을 마신 다음 쓰러졌다는 것이 떠올랐다.

"오, 정신이 드시오?"

자리를 지키고 있던 무학이 크게 반색했다.

"제가 얼마나 누워 있었습니까?"

"꼬박 사흘만입니다. 그나마 독을 빨리 토한 데다 마침 소승이 근처에 있었기에 망정이지 하마터면 큰 일 날 뻔했습니다. 이만하기가 다행이니 며칠 더 조섭하도록 하십시오."

"예? 사흘이나 지났단 말입니까!"

벌떡 몸을 일으키려던 여달이 고통스럽게 신음했다. 뱃속에 숯덩이가 들어 있는 것처럼 고통스러운 데다, 사흘이나 아무것도 먹지 못하여 조금의 힘도 모아지지 않았다. 여달이 식은땀을 줄줄 흘리며 겨우 몸을 일으키는데 각희가 들어와서 무학에게 뭐라고 속삭였다. 무학이 크게 놀라 급히 나갔다.

"저놈들을 모두 끌어내라!"

정도전이 크게 외쳤다. 군졸들이 숭례문에 진입하여 활불을 끌어내기 시작했다. 여달이 쓰러진 이후 활불은 사흘 동안이나 일을 하지 않고 심지어는 아무것도 먹지 않았다. 그렇지 않아도 여달을 못마땅하게 생각하던 정도전이 가만있을 리가 만무했다. 나오지 않으려 기둥에 몸을 묶고 저항하는 활불에게 잔혹한 폭행이 가해졌다. 먹지도 못하고 수적으로도 딸리는 활불은 결국 피를 흘리며 끌려나올 수밖에 없었다.

"이게 무슨 짓이오!"

무학이 분노에 몸을 떨며 외쳤다.

"저들이 무슨 짓을 저질렀다고 이리도 가혹하게 때리고 짓밟아 끌어내는 것이오?"

"나라의 명을 받은 목수들이 일하지 않는 것은 군졸이 군령軍令을 어긴 것이나 진배가 없습니다! 군령을 어긴 군졸들을 어떻게 다루어야 하겠습니까? 당연히 징치할 수밖에요."

정도전도 지지 않고 외쳤다. 무학의 흰 수염이 분노로 떨렸다.

"대체 어떻게 징치하겠다는 것입니까?"

"전하와 약조할 때 기일에 맞추지 못하면 모조리

참수한다고 하지 않았습니까? 당연히 약조에 따라 참수에 처할 것입니다."

"그러면 숭례문은 누가 짓는다는 말이오?"

"이미 돈의문과 숙청문이 공사를 마쳤으니 그쪽의 목수들을 불러다 시키면 될 것입니다. 그런즉 왕사께서는 더 이상 관여하지 마십시오."

내뱉듯 말하고 돌아서는 정도전에게서는 약간의 존경심도 찾아볼 수 없었다. 그렇게 무학을 따르고 존경했던 예전의 정도전이 아니었다.

"이놈! 거기 서지 못하겠느냐!"

마침내 무학이 격분했다.

"네놈이 전하를 도와 건국에 일조했다고 하지만 왕사에게 어찌 이렇게 무례할 수 있다는 말이냐? 전하께서도 나를 함부로 대하지 않으시거늘 감히 네놈 따위가 하늘 높은 줄 모르고 날뛰다니, 오늘 버릇을 가르치고야 말 것이다!"

"왕사께서는 말씀을 삼가십시오! 아무리 왕사라고 해도 공신과 정승을 겸한 관리를 이렇게 함부로 대할 수는 없습니다."

"권력을 맛보고 미치지 않는 자가 없다더니 네놈이 바로 그 꼴이로다! 네놈이 불교를 탄압하여 무수한 사찰과 중을 몰락시켰을 때도 함구하였고, 고려의 충신들과 죄 없는 왕씨王氏들은 물론 반대파들을 잔혹하게 몰살시킬 때도 굳이 말하지 않았지만, 오늘은 분명히 짚고 넘어가겠다! 권력은 군주를 보필하고 백성을 돌보기 위해 있는 것이지 함부로 휘둘러 사람을 죽이라고 있는 것이 아니다! 계속 그렇게 안하무인으로 권력을 휘두르다가는 제 명에 죽지 못할 것이니 앞으로는 자중하렸다!"

무학이 이렇게 노한 것은 처음이었다. 정도전도 뜨끔하였지만 여기서 밀리면 앞으로의 행보가 어려워질 것이었다. 정도전이 군졸들을 꾸짖어 활불을 끌고 가려 하자 무학이 가로 막았다.

"그렇게는 못한다! 차라리 나를 죽여라!"

"왕사께서 왜 이러십니까? 그만 고정하십시오."

언제 왔는지 이성계가 나타나 싸움을 말렸다. 건국에 가장 공이 큰 무학과 정도전이 대판 싸움을 벌이자 누군가가 달려가 아뢴 모양이었다.

"전하께서 숭례문의 공사를 여달에게 일임하였사온데, 저 사람이 함부로 목수들을 구타하고 끌어내어 참형에 처하려 하고 있나이다. 도저히 참을 수 없어 신이 꾸짖고 만류한 것이니 통촉하시옵소서!"

무학의 호소에 이성계의 표정이 굳어졌다. 그러자 정도전이 황급히 변명했다.

"전하께서 여달이라는 자를 어여삐 여겨 일을 맡긴 것은 어디까지나 숭례문을 기일 내에 무사히 완공하라는 뜻이 아니셨사옵니까? 그런데 여달은 이미 여러 달이나 지체한 데다 지금은 생사를 알 수 없는 지경이라는 소문이 파다하옵니다. 게다가 수하들은 여달이 없다 하여 일을 하지 않고 있으니 이래서야 어찌 제대로 일이 되겠나이까? 할 수 없이 다른 목수들을 불러 공사를 진행시키려 하였는데 왕사께서 저렇게 방해를 하시니 난감하기 짝이 없사옵니다."

"여달이의 생사를 알 수 없다는 것이 사실입니까?"

"죽지는 않았으나……."

무학이 속 시원히 답변하지 못했다. 이성계가 뭐라고 말하려 하는데 여달이 지팡이에 의지하여 나타났다.

"미천한 놈이 전하를 뵈옵나이다."

여달이 무너지듯 무릎을 꿇었다. 사흘 동안에 십

년이나 늙은 것 같았다. 여달이 내장을 쏟아낼 것처럼 심한 기침을 했다. 마른기침과 함께 거의 됫박이나 되는 피를 토했다. 그나마 약간 남은 생명이 움푹 줄어든 것 같은 여달이 겨우 말했다.

"아뢰옵기 황공하오나 아무래도 기일에 맞추기 어려울 것 같나이다, 기일을 어기게 되었으니 약조하신 대로 이 미천한 놈에게 죄를 물어 참수하시고 다른 도편수에게 맡기시도록 하시옵소서. 하오나 수하들이 무슨 죄가 있겠사옵니까? 하해 같은 성은으로 굽어 살피시옵소서."

방금이라도 끊길 것 같은 위태로운 음성에 고통이 절절하게 묻어났다. 죽는 것은 두렵지 않았지만 숭례문을 완공하지 못하는 것은 견딜 수 없는 고통이었다.

"네놈의 죄는 죽어야 마땅하나 예전에 내가 네 계집을 죽였기 때문에 그것으로 상쇄하겠다. 기한은 따로 두지 않을 테니 어서 일하도록 해라."

이성계가 말하자 정도전의 안색이 크게 변했다.

"아니 되옵니다, 전하!"

"더 이상 말하지 말라!"

이성계가 엄하게 물리치자 정도전도 나서지 못했

다.

"여달은 이리 오라!"

다른 사람을 물리치고 여달을 부른 이성계가 나직하게 말했다.

"너는 고려의 왕자가 아니더냐."

"저, 전하!"

여달이 크게 놀랐다. 이성계가 여달의 등을 쓰다듬으며 말했다.

"네가 정녕 고려의 왕자라면 왕자다운 기개를 보이도록 해라. 죽더라도 숭례문에서 죽으란 말이다."

추상같이 명한 이성계가 궁으로 돌아갔다. 무학과 각희가 끅끅 흐느끼는 여달을 부축하여 숭례문으로 향했다.

경복궁의 융무당隆武堂에 왕족과 신료들이 활을 들고 모여들었다. 이성계와 이방석이 높은 곳에 좌정하여 활솜씨를 겨루는 왕족과 중신들을 바라보았다. 이성계는 가끔씩 이렇게 친목을 다지는 자리를 마련하곤 했는데, 주목을 받거나 얼굴을 알릴 좋은 기회가 되었기 때문에 늘 성황을 이루었다.

"다음은 정안군靖大君이십니다!"

대호군大護軍의 호명에 이방원이 묵묵히 앞으로 나갔다. 이성계에게 군례軍禮를 드리다가 주먹이 덜덜 떨리는 것을 겨우 눌러 참았다. 강궁에 백우전白羽箭을 재어 쏘았으나 이미 평정심을 잃었는데 어찌 제대로 쏠 수 있겠는가. 열 발 가운데 관중貫中은 겨우 둘 뿐이었다. 신료들의 웅성거림이 비웃음 같았다. 얼굴이 붉어진 이방원이 사장射場 밖으로 걸어 나오다가 질끈 이를 악물고 이방석을 노려보는데 하륜河崙이 슬쩍 앞을 가로막았다.

"이러지 마십시오. 참으셔야 합니다."

"……."

"참고 기다리시면 분명히 기회가 올 것입니다. 그때까지는 절대 속을 비쳐서는 아니 되옵니다."

하륜이 간절히 말했다. 그는 이방원을 따르는 사람으로서 학식과 경륜이 정도전에 버금갈 정도로 비범하여 한양에 도읍을 정할 때 참여하기도 했던 인물이다. 그런 하륜이 극력으로 간하자 이방원도 참을 수밖에 없었다.

"먼저 돌아갈 테니 나중에 한 잔 합시다."

"그러지 마시고 마지막까지 참석하십시오. 연회에도 참석하지 않고 먼저 귀가하시면 소인배들의 입

방아에 오르게 될 것입니다. 그것이 다시 부풀려져 전하께 들어가면 아무것도 좋을 것이 없습니다. 그렇지 않아도 정안군 나으리를 가장 경계하고 있는 판에 괜히 사서 눈길을 받을 필요가 없지 않겠습니까?"

이방원이 하륜의 조언에 따랐다. 반나절이 지난 다음 대회가 끝나고 포상을 마친 다음 연회가 벌어졌다. 이방원이 묵묵히 술을 비우는데, 이방석이 찾아왔다.

"형님의 솜씨가 예전 같지 않으십니다. 혹시 어디 불편한 곳이라도 있으십니까?"

이방석이 걱정스럽게 말했다.

"신은 아무렇지도 않사오니 저하께서는 염려하지 마십시오."

이방원이 웃으며 대답하는데 정도전이 슬쩍 끼어들었다.

"저하의 말씀이 옳습니다. 아무래도 정안군 나으리께서는 건강이 그리 좋지 않으신 것 같으니 요양을 하시는 게 어떻겠습니까?"

"삼봉의 말씀은 매우 고마우나 몸에 아무런 이상이 없는 관계로 사양하도록 하겠소이다."

"혹시 앞으로 이상이 생기시면 말씀만 하십시오. 소인이 요양에 좋은 곳을 알고 있으니 소개해 드리도록 하겠습니다."

"그렇게 하도록 하지요."

이방원이 쓰게 웃으며 잔을 넘기는데 어디선가 뻐꾸기가 울었다.

이미 가을이었다. 흥인문은 여름에 완공되었지만 숭례문은 2층의 골조가 절반쯤 진행되었을 따름이었다. 그러나 누구도 조급해하지 않았다. 조선의 정문이 모습을 갖춰가는 곳에서는 산사山寺의 도량 같은 신성함이 감돌았다. 처음 시작했을 때의 무서운 속도는 찾아볼 수 없었지만 화석이 형성되는 것처럼 무겁게 절제된 과정이 서서히 진행되고 있었다. 섬처럼 구획區劃된 숭례문에서는 대패와 끌을 든 구도자들이 묵묵히 일했다. 그들이 나무를 깎고 다듬어 세우는 모습은 엄숙하기까지 했다. 그들의 중심에 여달이 있었다. 그는 숭례문의 중심이기도 했다. 이미 생존에 적합하지 않게 된 육체는 움직이기도 버거웠다. 억지로 움직일 때마다 뼈마디가 메마르게 삐걱거렸지만 결코 쉬려 하지 않았다.

예정이 늦어지게 된 가장 큰 이유는 눈이었다. 몸속으로 흡수된 맹독의 일부가 눈을 망가뜨리고 말았던 것이다. 시력이 그리 시원치 않아 몸에 익은 감으로 일하기는 했지만 눈이 그나마 기능을 거의 잃어버리자 기일이 지연될 수밖에 없었다. 여달이 그동안 가르친 활불의 수하들을 신임하여 책임을 맡기려 했을 때 그들은 완강히 거부했다. 여달이 마지막까지 모든 것을 지휘하지 않으면 떠나겠다고 단호하게 거부하여 다시 일하게 되었으며, 그때부터 그들은 구도자의 집단이 되었다. 그런 그들에게 세속의 기준과 가치는 아무런 구속력을 가지지 못했다.

"굳이 서두를 필요 없다. 할 수 있는 대로 정성을 다하도록 해라."

그것이 여달의 유일한 명령이었다. 이성계에게 사면 받은 이상에는 기일에 쫓길 이유가 없었다. 아무리 사소한 것이라도 세심하고 꼼꼼하게 일했다. 여달이 시력이 거의 없음에도 불구하고 불편하지 않은 것은 숭례문을 완전히 머릿속에 넣어 두었기 때문이었다. 눈이 보이지 않게 된 대신 감각이 극도로 발달하여 그를 지탱시켜 주었다. 그것이 언제까지 유지

될지 알 수 없었지만, 한 가지 분명한 것은 생명이 그리 많이 남아 있지 않다는 것이었다. 여달은 내일 아침에 시체로 발견되어도 전혀 이상할 게 없었지만 숭례문을 끝내기 전에는 죽을 수 없었다. 귀신이 되어서라도 기필코 완성하고 말 것이다.

"위험합니다!"

누군가가 외치며 몸을 던졌다. 여달이 쓰러지자마자 도리가 떨어져 내렸다. 위에 올리기 위해 묶은 밧줄이 풀어진 모양이었다. 여달은 간발의 차이로 위험을 피했지만 몸을 던져 여달을 구한 수하는 그렇지 못했다. 여달이 다급하게 머리를 받쳐 드는데, 수하의 입과 코에서 붉은 피가 꾸역거렸다. 누가 보아도 가망이 없었다. 거친 호흡을 토하던 수하의 머리가 푹 꺾이자 여달이 비통한 울음을 삼켰다. 이미 세 명째 수하를 잃은 슬픔은 어떻게 형용할 수 없었다. 그러나 활불은 이를 악물고 일했다. 기일에 맞추기 어렵게 되어 참수당할 위기에서 살아났을 때부터 모두가 목숨을 내놓았다. 죽음은 두렵지 않았다. 다만, 숭례문의 완성을 보지 못하는 것이 가장 두려울 따름이었다.

"숭례문의 상량식上梁式이 모레라고 하였소?"

"그러하여이다."

무학이 대답하자 이성계가 허허롭게 웃었다. 숭례문의 대들보를 올린다면 머지않아 완공될 것이다. 그로써 조선이 조선다워질 것이며, 조선을 세운 이성계의 이름이 후세에 길이 전해질 터였다. 그런데 이상하게 허전하고 외로웠다. 지금까지 과연 무엇을 남겼단 말인가. 여하튼 나라를 건국하여 초대의 임금이 되었으니 태조太祖라고 불리기는 하겠지만 반역자의 오명도 피할 수 없을 터였다. 후세에 이름을 남기는 것으로 따지면 최영과 정몽주가 훨씬 좋은 위치에 있을 확률이 컸다. 처절한 아귀다툼에서 살아남은 데다 가장 높은 자리에 오르기는 하였으나, 죽음에 근접할수록 지금까지 무엇을 하였는지 두렵기만 했다. 여달은 숭례문을 남기지 않았는가. 게다가 이름을 남기는 것을 원하지 않았으니 누구보다도 뛰어나고 훌륭한 사내가 분명했다.

그해 늦가을, 백성들이 구름처럼 몰려들었다. 누구도 숭례문의 상량식을 놓치지 않으려 했다. 2층의 지붕 한가운데를 가로지르는 거대한 대들보가 제자리에 앉혀지는 광경은 참으로 장관이었다. 이제 서까래를 늑골처럼 줄지어 이은 다음 그 위에 널판으로 개판蓋版을 대고 기와를 받칠 통나무를 설치하면 대목의 일은 끝이었다. 상량을 마친 활불의 수하들이 서로를 끌어안고 울었다. 재목을 벌채하고 공사를 하다가 죽어간 동패들의 이름을 목 놓아 부르는 그들을 보며 백성들도 눈시울을 붉혔다.

"오오, 정말 대단하오!"

무학이 숨김없이 찬탄했다. 당대 제일의 도편수 여달이 모든 것을 쏟아 부은 숭례문은 대문의 기능을 가진 거대한 건물 이상의 존재였다. 결코 불국사의 아래가 아니었으며 원나라에 유학 갔을 때 보았던 웅장한 건물들에 비교해도 손색이 없었다. 오히려 숭례문이 훨씬 나은 것 같았다. 그들의 건축물이 시공施工과 완공完工의 일반적 과정을 거쳤다면, 숭례문은 오로지 완성完成을 추구한 걸작 중의 걸작이었다. 만리장성과 원나라의 황궁을 함께 준다고 해도 바꿀 수 없는 일대의 걸작을 완성한 여달이 너무나 자랑스러웠다.

"전하께서도 크게 기뻐하실 것입니다! 아, 마침 전하께서 오시고 계십니다."

여달과 무학이 이성계에게 부복했다. 잠시 여달을 내려다보던 이성계가 나직하게 말했다.

"그동안 정말 고생이 많았다. 노고를 위로하는 뜻에서 소원을 들어줄 테니 원하는 것이 있다면 서슴없이 말하라."

"미천한 목수 놈이 무슨 소원이 있겠나이까? 다만 데리고 있던 수하들이 그동안 제법 일을 배웠으니 나라를 위해 일할 기회를 주신다면 지금 죽어도 한이 없겠나이다."

"그렇게 하마. 네 수하들을 모두 거두어 국가의 공사에 쓰도록 할 것이다."

이성계가 여달을 가까이 불렀다. 여달이 기듯이 하여 다가가자 이성계가 손을 잡아 일으켰다.

"정말 부럽구나, 부러운 사내로다."

이성계가 여달을 숨김없이 치하했다.

대단원

아주 익숙한 누군가의 목소리가 잠을 깨웠다. 여달이 주저 없이 밖으로 나갔다. 눈이 보이지 않는 그가 그믐의 밤길을 능숙하게 걸었다. 저 앞에 그를 부른 사람이 보였다. 젊고 아름다운 여인이 아기를 안고 서 있었다.

"당신이오?"

"그렇습니다, 여달님."

그를 부른 사람은 은애였다. 너무나도 보고 싶었던 아내의 출현에 여달은 한동안 말을 꺼내지 못했다. 언젠가는 이런 날이 오리라 믿었지만 막상 은애를 만나게 되자 무슨 말을 꺼내야 할지 몰랐다. 은애가 스르르 다가와 가슴에 머리를 기대자 풀꽃향기가 은은히 퍼졌다. 여달이 은애의 머리를 쓰다듬으며 말했다.

"보고 싶었소."

훨씬 좋은 말도 많은데 고작 이렇게밖에 표현하지

못했을까? 나무를 깎고 다듬는 것 외에는 모든 것이 서툴고 숙맥이었다.

"저도 보고 싶었답니다."

은애가 조용히 말했다. 말할 때마다 입에서 보석이 떨어지는 것 같았다. 은애가 아기를 내밀었다.

"보세요, 우리들의 아기랍니다."

아주 귀엽게 생긴 계집아이가 강보에 싸여 쌔근쌔근 잠들어 있었다. 아기를 보자 영혼에 문신처럼 새겨진 고통과 번뇌가 깨끗이 헹궈졌다.

"나도 당신에게 보여줄 것이 있소."

여달이 은애를 데리고 숭례문으로 향했다. 숭례문에 오른 은애가 정말 기뻐했으며 아기가 깨어나 맑게 웃었다. 잠시 후 여달은 순수하고 듬직한 청년이 되었다. 여달이 아기를 안고 은애와 함께 걸었다. 연보랏빛 안개가 성긴 틈으로 흔들리는 아지랑이의 군락이 눈부셨다. 바다와 바람이 만나고 노을과 태양이 공존하는 공간을 조용히 걸었다.

각희의 전갈을 받은 무학이 황급히 달려왔다. 문루에 누워 잠든 것처럼 절명한 사람은 바로 여달이었다. 각혈咯血이 아니었다면 죽음을 알지 못할 정도로 평온했다. 여달은 자신이 이룬 작품의 내부에서 죽었다. 과연 불세출의 목수다운 최후였다. 무학과 각희가 합장하자 비통한 울음이 터졌다. 그동안 모든 고락을 함께 했던 활불은 물론, 다른 도편수들과 대목들도 위대한 건축가의 죽음을 진심으로 애도했다. 석공과 토공, 단청장丹青匠, 와공瓦工들과 하다못해 흙을 이기는 자들까지 여달의 이름을 부르며 통곡했다. 백성들까지 애도에 동참했다. 숭례문이 온통 울음에 잠기자 하늘이 화답하는 것처럼 비를 뿌렸다. 의무를 이행한 여달이 투명한 빗물을 타고 승천하는 모습이 똑똑히 보였다.

후기後記

숭례문을 위한 헌정서를 쓰려고 했을 때 다시 한 번 놀랐다. 숭례문에 관한 기록과 고증이 아예 없었기 때문이었다. 어쩌면 이럴 수가 있다는 말인가? 문장 하나의 고증을 위해서도 며칠이나 날밤을 새우는 것을 당연시했던 나로서는 도무지 믿기지 않았다. 참으로 국보 1호라는 타이틀이 무색할 지경이었다. 그러나 불가능하지는 않았다. 지금까지 해왔던 무자비한 방식을 사용하면 충분히 가능했다. 여달처럼 자신을 극한 이상으로 몰아세우면 2년 이내에 숭례문을 완벽하게 재현할 자신이 있었다. 실제로 주변에서도 그렇게 할 것을 권유했다. 역사를 쓰는 작가로서 다시없을 기회였지만 포기할 수밖에 없었다. 이유는 간단했다. 아무런 수입도 없이 오직 숭례문에 매달려 버텨낼 자신이 없었기 때문이다. 전인미답의 극지를 발견한 탐험가가 장비를 구입할 돈과 여비가 없어 모험을 포기해야 하는 것이나 그리 다르지 않았다. 대출이라도 받아 글을 쓰고 싶었지만 나 때문에 살림을 거덜낼 수는 없지 않은가. 그때는 판돈 떨어진 도박꾼처럼 비참하고 비루했다.

어쩔 수 없는 포기는 술을 마셔야 할 핑계로 기능했다. 마취당한 곤충처럼 흐릿하게 분해되는 의식 사이로 뭔가가 빠르게 스쳐갔다. 그것이 남긴 궤적을 검색하다 정신이 번쩍 들었다. 왜 소설을 생각하지 않았을까? 숭례문을 위한 헌정서가 반드시 건축학적 고증에 충실한 전문서적일 필요는 없었다. 소설도 진실에 접근하는 훌륭한 도구가 될 수 있으며, 오히려 훨씬 강한 접근성과 설득력을 가지고 있는 만큼 그쪽으로 방향을 트는 것이 타당했다. 초고草稿가 완성된 것은 숭례문이 불탄 지 한 달 반만의 일이었다. 최소한 1년 이상, 늦으면 3년씩이나 걸렸던 전작前作들에 비하면 기간이랄 것도 없지만, 그렇다고 해서 익지도 않은 것을 차려내지는 않았다. 전작들에 비해서 탈고기간이 짧았을 뿐이다.

『소설 숭례문』을 쓰면서 신기한 경험을 했다. 여달이 태어난 곳으로 설정한 개태사開太寺가 바로 그것이다. 개태사를 선택한 것은 당시의 수도인 개성과 가급적 멀리 떨어진 사찰을 찾다가 우연히 낙점된 탓이었다. 그런데 아주 적합한 시점에 개태사에 왜구가 쳐들어와 소실되는 바람에 여달의 비밀이 절묘하게 은폐될 수 있었다. 이전에도 비슷한 경험이 없지는 않았지만 이렇게 기다리기라도 했던 것처럼 완벽하게 맞아 떨어진 것은 처음이었다. 운명적이라는 상투적인 표현밖에 달리 표현할 길이 없다.

『소설 숭례문』은 역사에 기록되지 않은 자들의 삶과 땀의 결정結晶된 화석이다. 읽어 주신 모든 분들께 깊은 감사를 드리며, 늘 진화하는 작가가 될 것을 약속드린다.

작가 배상열

1963년 경북 달성 산産, 어려서 부친을 따라 상경하였기 때문에 투박한 방언과 고향에 대한 기억을 보유하고 있지 못함. 1988년에 한국일보에 입사한 다음 우연한 계기로 역사를 독학하다가 이순신에게 영혼을 바치기로 결심하게 됨. 2003년 소설 『풍운 1부』(전 7권)을 발표하여 명함을 내민 이후 2004년 『북벌영웅 이징옥』(전 3권), 2005년 『이순신 최후의 결전』(전 3권) 등의 대하역사소설을 집필했다. 2007년부터는 본격적인 역사로 방향을 틀어 대표작으로 가장 완전한 이순신 평전인 『난중일기외전』을 발표하였으며 '문화관광체육부장관상 및 제 2회 디지털작가대상'을 수상하기도 했다. 2008년에는 인문역사서 『조선비화』와 『왕자의 눈물』을 출간하였고 석기시대를 다룬 『소설 동이』를 발표했다. 2009년에는 상반기 중에 발표될 역사인문서 『칼의 제국』과 『조선의 로데오거리부터 할렘까지』, 『아무도 조선을 모른다』 이외에도 최소한 3권을 더 쓸 계획이다.

小說 숭례문 2권 [큰글자도서]

발 행 일 : 2010년 6월 7일
지 은 이 : 배상열
발 행 처 : (주)도서출판점자
발 행 인 : 김동복
출판등록 : 2009년 2월 17일 제 25100-2009-5호
주　　소 : 서울시 성동구 아차산로17길 57 일신건영휴먼테코 1203호
전　　화 : 02)3426-7511
팩　　스 : 02)3426-7502
전자우편 : kbraille@naver.com
홈페이지 : www.kbraille.net

ISBN 978-89-6507-000-9
ISBN 978-89-93793-37-6 (전 2권)

이 책은 큰글자도서로 출간하면서 두 권으로 나누어서 편집되었습니다.
잘못된 책은 바꾸어 드립니다. 값은 뒤표지에 있습니다.